AF143241

Pierre Léoutre

Trafic à Toulouse

Avertissement :
Ce roman policier est une œuvre de pure fiction et
n'engage en rien la responsabilité des organismes cités.

Préface & commentaires

Dans cet ouvrage prémonitoire de mon ami Pierre Léoutre, qui connaît son sujet de l'intérieur, on sent la maîtrise des situations et l'emploi d'un certain vocabulaire auquel le profane est peu habitué, on trouve aussi plusieurs niveaux de lecture.

Les connexions sont multiples, avec les lieux, avec l'histoire récente, avec la vie des gens enfin ; on ne peut s'empêcher de faire des rapprochements et des analogies, surtout quand on vit dans le futur et qu'on sait, enfin à peu près et seulement de l'extérieur, ce qui semble s'être passé depuis.

Pertinent et éclairant, annonciateur aussi, son texte nous emporte vite et loin, vite et bien vers d'autres contrées et horizons, mais aussi vers d'autres questionnements, mais le choix de la forme romanesque ajoute des dialogues et épure le fond, qui n'est alors ni trop lourd ni trop rébarbatif pour ceux qui ne côtoient pas régulièrement la géopolitique.

S'inscrivant dans une lente dérive qui mènera notamment, sur les questions sociales, à un désinvestissement dans les cités et à la situation de fin 2005, on suit le fil d'un écheveau complexe dont la trame se délite comme le lien social et le vivre ensemble.

Que s'agrandisse le fossé bientôt devenu infranchissable entre certaines populations et la crise couve, le feu plutôt, prêt à embraser des pans entiers de notre société.

Les valeurs des 5 piliers souvent mis en avant et qui font notamment de la solidarité et de l'aide aux plus démunis une doxa qui s'assortit d'une praxis à la hauteur des enjeux et des situations vécues.

Alors oui, le tableau est sombre mais qu'on se souvient de la doctrine élaborée par le Pentagone sous Bush deux pour le Maghreb, qu'ils entendaient mettre en coupe réglée, une sorte de grand protectorat comme ce qu'ils avaient envisagé pour la France si le général de Gaulle ne s'y était pas opposé farouchement et par tous les maigres moyens dont il disposait alors pour se faire reconnaître comme l'ultime chef de la France libre. Alors on glosera savamment aussi sur les hypothèses de Samuel Huntington et cette fameuse « guerre des civilisations » qui serait à l'œuvre.

Mais pensera-t-on suffisamment au rôle de la prise de pouvoir des mollahs chiites et des Pasdarans à partir de 1979, alimentés par les exactions d'une police politique répressive, la Savakh du chah d'Iran, de l'invasion de l'Afghanistan qui a conduit la CIA à armer les Talibans ou encore de l'effondrement du mur de Berlin et du régime soviétique ?

Un monde à l'équilibre balbutiant et précaire, des tentations de toutes parts mais aussi des forces centrifuges qui broient et dispersent à l'encan.

Des populations pauvres et ignares, des leaders charismatiques à l'étoile pâlissante et surtout des réseaux qui s'étendent, tentaculaires, prennent appui sur toute sorte d'activités illicites pour prospérer et nourrir de l'intérieur le venin de la haine et de l'intolérance.

Alors cette montée aux extrêmes était prévisible mais pas certaine, envisageable mais pas souhaitée, et elle est là maintenant devant nous, entretenant une psychose collective aiguë, un malaise plus palpable et tangible encore.

Soulignons que quand le corps principal du texte, ce qui en forme l'ossature, a été écrit il y a une vingtaine d'années, bien malin qui aurait pu dire ce qu'il allait finalement advenir.

Depuis, le vent de l'histoire est passé par là, 2001, 2003, 2004, 2005, 2008 jusqu'à 2015 commencé en fanfare et sans risque d'accalmie sur le front de la violence.

Qui a ouvert cette onzième porte sans la refermer et quels poisons mortifères recèle-t-elle encore ? L'histoire s'écrit au jour le jour ; les romans, c'est une autre histoire.

Thierry Jamin

RUMBA

Une fois encore André Ormus n'avait pas reçu *Le Monde,* et il eut à nouveau envie de renoncer au confort de l'abonnement : il attrapa sa parka et plongea dans la rue en direction du kiosque à journaux. Après avoir échangé les plaisanteries habituelles avec la charmante jeune femme qui résistait vaillamment aux premiers frimas de l'hiver toulousain, il put enfin disposer des dernières nouvelles ; il décida de s'installer dans un café et après avoir commandé, ouvrit son journal.

André Ormus lisait attentivement depuis quelques semaines les articles consacrés à l'Algérie ; outre une vague nostalgie personnelle pour ce pays où vécut une partie de sa famille, la situation politique algérienne lui semblait être le laboratoire le plus actuel des tensions de l'Islam intégriste, après l'Iran chiite de Khomeiny quelques années plus tôt ; et pour s'en tenir à une vision strictement professionnelle, il était visiblement préférable depuis plusieurs années de ne pas être Policier en Algérie, si l'on forgeait des projets pour une longue et heureuse retraite.

L'agent secret français terminait à peine la lecture d'un reportage sur le spleen de ses collègues algériens, qui ne comptaient plus les victimes du terrorisme dans leurs rangs, quand soudain un grand choc lui fit lever les yeux : à quelques mètres du café où il passait son temps, une BMW venait de heurter très violemment un autre véhicule ; or, ce qui n'aurait pu être qu'un banal accident de la circulation sur la très encombrée Place du Capitole se révéla vite constituer tout à fait autre chose, a priori plus dans la spécialité d'André Ormus.

En effet, au lieu d'une simple dispute, comme le faisaient la plupart des conducteurs en de telles circonstances, André Ormus vit le premier chauffeur braquer le second avec une arme de poing ; et la scène ressemblait maintenant à un enlèvement digne d'un film de James Bond, puisqu'un troisième véhicule arrivait à point nommé pour que l'homme au revolver pût « inviter » la victime de l'accident à quitter immédiatement la Place du Capitole.

En moins de temps qu'il n'en fallait pour l'écrire, il ne restait de l'altercation qu'une voiture aux tôles froissées, dont la position transversale perturbait la circulation autour de la place de la Mairie. Le rapt se déroula tellement vite qu'à part des citoyens avertis dans le genre d'André Ormus, personne n'avait réalisé qu'un Toulousain était maintenant en fâcheuse posture, aux mains de personnes violentes et prêtes à tout. N'importe quel individu aurait désormais attendu l'arrivée du car de police, avec l'intention de faire une déposition aussi honnête que possible aux placides gardiens de la paix envoyés pour relever les premières constatations. André Ormus pour sa part trouva plus judicieux de replier son journal et de bondir hors du café ; oui, malgré la précipitation des événements, il prit le soin de plier *le Monde* ; car les protagonistes de son espèce avaient beau être formés et payés pour l'action, ils n'en étaient pas moins respectueux des médias dignes de ce nom.

Au moment où il sortait précipitamment du café, il aperçut une voiture, une Peugeot 205, qui ralentissait en passant près du véhicule abandonné ; c'était une réaction très ordinaire, maintes fois remarquée : il fallait croire que les gens gavés d'images télévisuelles et autres avaient une sorte de délectation morbide pour le malheur en direct.

Bref, celle qui freinait était conduite par une non moins jolie jeune femme aux cheveux courts et blonds, le nez affublé d'une paire de lunettes rondes. André Ormus agita son journal pour attirer son attention et lui demanda en criant :

– Lisez-vous *Le Monde* ?

– Non ! Je suis journaliste à *la Dépêche du Midi*.

– Parfait ! J'ai un scoop pour vous. Laissez-moi monter et suivez mes instructions, vous ne serez pas déçue !

Les réflexes professionnels de la journaliste lui firent oublier le ton un peu comminatoire d'André Ormus, et elle lui ouvrit la portière ; il s'installa à bord et lui indiqua la direction à suivre : il avait vu la BMW s'engager dans la rue Gambetta. Mais malgré sa rapidité à trouver un moyen de locomotion, ils avaient déjà au moins plusieurs minutes de retard, handicap pratiquement insurmontable dans une filature automobile. Il restait le facteur chance.

Au bout de quelques mètres, ils furent bloqués dans un embouteillage provoqué par un camion de livraison ; les gens étaient patients et évitaient de klaxonner ; André Ormus sortit de la 205 et tenta d'apercevoir la voiture des ravisseurs ; il avait eu raison d'invoquer la chance, car la BMW était effectivement coincée elle aussi un peu plus loin.

Il hésita entre intervenir immédiatement, ou prolonger la filature ; mais le charmant sourire que lui adressa sa conductrice lui fit opter pour la seconde solution. La voiture redémarra ; la coéquipière d'André Ormus conduisait si bien qu'elle eut tôt fait de se rapprocher du véhicule qu'ils suivaient ; elle prenait grade toutefois de ne pas les faire repérer. Mais en grillant un feu à l'angle du Pont Neuf, elle déclencha la réaction indignée et klaxonnante d'un paisible automobiliste gersois qui arrivait par la rue de Metz ; la journaliste dit à André Ormus :

– Sur la banquette arrière, il y a un sac qui contient mon appareil photo ; attrapez-le et préparez-le, puisque vous m'avez promis un scoop.

– À vos ordres, Mademoiselle. Au fait, comment vous appelez-vous ?

– Hélène. Et vous ?

– André.

Ils se dirigeaient maintenant vers le quartier du Mirail ; Hélène demanda :

– Et que faites-vous dans la vie, à part proposer la lecture du *Monde* à d'honnêtes jeunes femmes dans la rue ?

– Je suis détective privé.

– Ah... Sommes-nous en train de suivre un mari jaloux, qui a enlevé le énième amant de sa femme afin de lui dire que trop, c'est trop ?

– Vous avez une vision particulièrement réductrice de ma profession.

– En tant que journaliste, j'ai parfois affaire à ce genre d'individu, et je connais la nature secrète de leurs activités.

– Rassurez-vous, ce n'est pas le cas. J'ai simplement assisté en direct à un enlèvement sur la place du Capitole, ce qui m'a poussé à agir.

– Va pour l'enlèvement, j'aurai peut-être de quoi faire un papier.

Ils roulaient maintenant au cœur du Mirail, le long d'artères rectilignes bordées de grands immeubles. À cette heure de l'après-midi, peu de gens circulaient, ce qui ne facilitait pas leur filature ; mais apparemment ils n'étaient toujours pas repérés. Soudain, alors qu'ils s'engageaient sur un rond-point du quartier de la Reynerie, ils aperçurent la BMW qui se mettait à ralentir ; puis l'une de ses portières s'ouvrit et un corps poussé hors de l'habitacle tomba sur l'asphalte. Le temps qu'Hélène et André arrivent à sa hauteur, la voiture avait repris de la vitesse et était déjà loin. Il était facile d'imaginer que la personne étendue sur le sol était celle qui avait été enlevée ; seul petit suspens : était-elle encore vivante ?

Ils se garèrent et s'approchèrent du corps ; la réponse fut hélas négative ; la victime avait succombé à ce que l'on appelait autrefois « le sourire kabyle » : la gorge soigneusement tranchée d'une oreille à l'autre, notre homme avait maintenant peu d'espoir de pouvoir répondre à une interview d'une journaliste de *la Dépêche,* qui sortit néanmoins son appareil photo. Tout en réglant la mise au point, elle dit :

– Je doute qu'ils me laissent passer ce cliché dans le journal. Trop sensationnel et pas assez ascensionnel pour faire grimper les ventes !

– J'admire votre conscience professionnelle et votre sang-froid. À défaut d'être publiées, vos photographies intéresseront certainement la Police.

– Oh, les flics... Ils ne nous passent jamais un tuyau, alors... Encore que sur une affaire comme celle-ci, il risque d'y avoir un peu de remue-ménage dans la bonne ville de Toulouse. Je vais préparer un papier gratiné.

– Vous n'allez pas parler de moi ?

– Cher Monsieur, je n'ai pas pour habitude de faire de la publicité gratuite aux détectives privés. Je suis désolée.

17

Par contre, laissez-moi vos coordonnées : si un jour mon futur mari me trompe, je ferai peut-être appel à vous.

Cette journaliste était décidément têtue dans ses jugements sur la profession supposée d'André Ormus ; si elle avait connu la nature réelle de ses activités, elle aurait en outre compris que son silence médiatique sur la présence du Policier français le comblait d'aise ; les agents de la DST avaient horreur de la publicité tapageuse.

VENISE

La dernière fois qu'André Ormus était venu à Venise, il était accompagné d'un mannequin danois ; et l'on pouvait dire beaucoup de choses sur Simon, sauf qu'il ressemblait à un mannequin danois. L'agréable souvenir scandinave s'estompa rapidement car l'air soucieux de Simon était là pour rappeler à André Ormus qu'ils n'étaient pas en vacances et qu'allait maintenant commencer le petit jeu de celui qui en dirait le moins à l'autre, et en apprendrait le plus. A priori, Simon avait un handicap car André Ormus ne savait presque rien ; en outre, c'étaient les Israéliens qui étaient demandeurs de l'intervention française sur l'intégrisme musulman ; effectivement, Simon passa un certain message, dont il ressortait que l'Islam mondial était sous le choc d'une césure grave : d'un côté, un islam tolérant, progressiste, voire séculariste, de l'autre une poussée intégriste indéniable, dangereuse et vindicative, répondant aux doux noms de Frères Musulmans, Hezbollah, mollahs, FIS, HAMAS, etc.

Pour l'heure, André Ormus n'en apprit pas beaucoup plus qu'en lisant un bon journal : à ceci près que deux pays aussi différents que la France et Israël, avec des diplomaties et des intérêts différents, partageaient la même analyse ; soyons précis : qu'un officier de la DST et un agent du Mossad parlaient un langage similaire, ce qui n'excluait nullement qu'au même moment se tenaient à Londres ou à Madrid des rendez-vous à la fois identiques et parfaitement contradictoires... Même Simon et André ne partageaient pas tout à fait la vision de la situation territoriale au Proche-Orient : Simon était attentif à tout ce qui pouvait constituer une menace pour la sécurité d'Israël, et il ne fallait pas grand-chose pour l'inquiéter ; quant à André Ormus, il avait une analyse du bonheur et de l'avenir de l'Europe qui était quelque peu différente. Cela dit, ils avaient accès aux mêmes dossiers de la CIA.

Les deux ouvriers spécialisés du renseignement firent une pause et commandèrent un café ; André Ormus regarda le décor superbement classique de leur entretien : installés dans la salle Cinese du Caffé Florian, il pouvait voir de sa place les arcades, peu encombrées en raison de la saison hivernale, et puis aussi la Place Saint Marc, vaste enclos sophistiqué qui connaîtrait dans quelques semaines le chassé-croisé théâtral des masques du carnaval. André Ormus possédait chez lui un masque de clown, et pourtant il ne faisait pas un métier d'artiste : magie vénitienne qui métamorphosait les symboles. Encore que son métier étrange pouvait faire de lui une sorte d'histrion, d'acteur de composition avec un autre masque de son cru.

André Ormus s'étira : le trajet Toulouse-Venise avait été rapide, tout comme le transfert de la Place du Capitole à la Place Saint Marc – liaison qui fera plaisir aux Toulousains, et confortera les Italiens quant à l'universalité de leur joyau vénitien – ; mais, à vrai dire, André Ormus reviendrait une autre fois rêver à Venise : son travail l'attendait. Simon avait lui aussi cédé au vagabondage des pensées, principale offrande de la cité des doges à ses visiteurs ; puis les agents secrets se tournèrent l'un vers l'autre, prêts à reprendre leur discussion : même si leur relation était fondée sur la confiance, ce qui était exceptionnel et appréciable dans leur métier, leur formation les conduisait à essayer d'obtenir un renseignement au détriment de l'autre ; en la circonstance, cela allait se faire d'une manière décontractée, mais allait se faire ; c'est pourquoi, comme ils étaient tous deux conscients de cet impératif, ils quittèrent peu à peu les généralités géopolitiques pour en arriver à des informations plus pointues.

André Ormus possédait une « bille » – c'est-à-dire une information négociable dans le cadre d'une discussion professionnelle avec l'un de ses homologues – : la mort d'Ahmed ; même si Simon était déjà au courant, ce dont André n'était pas encore certain, il ne savait pas dans quelles proportions l'agent français s'intéressait à cette disparition, et surtout le premier ne connaissait pas les limites de la mission du second ; or il fallait savoir qu'à la DST, il n'y avait jamais de limites – sinon dans les moyens employés, en raison des principes démocratiques de la société que défendait ce Service – ; encore que... En vérité, il n'y avait que le résultat qui comptait dans le cadre d'une mission.

André Ormus avait déjà vu des gens sourire devant une telle affirmation : les gens qui fantasmaient sur les services de renseignement, qui y voyaient une pieuvre tentaculaire et amorale livrée à elle-même : cette vision fausse déclenchait chez ceux qui travaillaient à l'intérieur de la prétendue pieuvre sourires ou lassitude ; les services secrets dans une démocratie comme la nôtre n'ont pas de pouvoirs directs, si ce n'est un pouvoir de nuisance ou d'entregent ; ils ont surtout des relations.

André Ormus possédait toujours sa bille car ce que lui disait Simon depuis quelques instants ne l'intéressait pas : il connaissait déjà les liens entre néonazis allemands et terroristes palestiniens, il avait déjà remarqué le parallèle entre la montée de l'intégrisme musulman et celle de l'extrême-droite européenne, notamment française ; il savait déjà que les opinions publiques étaient influençables, manipulables, qu'il fallait sans cesse rappeler les bons principes et les mauvais souvenirs ; Simon ou la pédagogie israélienne, Simon ou le courage de l'explication sempiternelle, Simon ou la confiance inépuisable en la bonté du genre humain... André Ormus était évidemment d'accord avec lui, mais était peut-être un peu plus pessimiste ; il était vrai que Simon croyait aussi en Dieu, et André Ormus exclusivement en l'Homme. Cela dit, les irruptions théologiques dans une conversation entre agents secrets étaient très souvent un mauvais signe, car elles impliquaient un manque de renseignements opérationnels ; André Ormus le fit remarquer à Simon et celui-ci ne put que lui donner raison. Pourtant, l'officier de la DST sentait que l'Israélien tournait toujours autour du pot ; or, le Français connaissait trop bien son interlocuteur pour se satisfaire de cet entretien stérile :

– Bien, Simon, dit André Ormus, je vais maintenant quitter Venise. À regret, mais je vais le faire. J'ai été content de te voir. Quand tu passeras par Toulouse, n'oublie pas de venir me dire bonjour.

– La situation est mauvaise, André : ce qui se passe dans vos banlieues est un peu à l'image des tensions mondiales.

– Et oui, il paraît que mon charmant pays est un modèle réduit du village planétaire : version contemporaine de l'universalisme français.

– À Toulouse, une équipe de la Police aurait eu des problèmes avec l'un de ses informateurs.

– C'est exact.

Ainsi, la nouvelle de la mort violente d'Ahmed, effectivement un informateur de la Police toulousaine, avait circulé dans toutes les centrales de renseignement ; c'était un peu cela, l'univers parallèle de l'espionnage : la disparition d'Ahmed avait fait l'objet d'un certain nombre de notes d'information classées « secret défense » en même temps et dans plusieurs langues.
Simon ajouta :

– J'ai un cadeau pour toi.

– Merci.

Il tendit au policier de la DST un dossier à la couverture blanche.

– Mon cher André, j'ai le plaisir de te communiquer une étude sur les Islams en France, un inventaire des différents courants de cette religion. Fais-en bon usage.

– Pourquoi uniquement en France ?

– C'est partout pareil ; mais on peut espérer que la France aura une approche particulière du problème.

Ils se séparèrent ; André Ormus jeta un dernier coup d'œil sur la place Saint Marc : il avait lu quelque part que le déclin de Venise avait commencé en 1630, ce qui laissait beaucoup d'espoir.

VENT D'AUTAN

Vent d'autan, vent des fous. Chaud, sec et violent. André Ormus était installé sur un banc du jardin public de Compans-Caffarelli, et contemplait les brins d'herbe des pelouses plier sous les rafales ; il pensait à une chevelure féminine, une nuque gracile ployant légèrement sous la caresse de sa main. Et dans le même temps, des milliers de femmes avaient été violées dans l'ex-Yougoslavie, des milliers de corps brutalisés et meurtris ; et nous, ici, nous rêvions à une caresse tendre sur la nuque d'une femme. Vent d'autan, vent d'Est : que se passait-il ?

André Ormus était rentré la veille de Venise et avait lu attentivement le dossier de Simon : il était très bien fait, comme d'habitude ; mais très vite, un dossier devenait inutile, car trop figé, vite dépassé ; et que pouvait faire un dossier contre la force et la rapidité de l'événement ? Un château de sable face à une vague, voilà tout.

Cette vague, ce n'était pas l'Islam ; c'est-à-dire qu'il ne fallait pas partager l'affolement vulgaire et extrémiste qui confondait l'épicier maghrébin du quartier avec le militant intégriste de la Charia ; non, nous ne vivions pas une croisade à l'envers, et cette peur de l'an 2000 était lamentable ; cette peur de l'autre qui se cramponnait à l'étendard religieux était une peur de fous ; dans la logique du chacun pour soi, de l'affrontement des particularismes, le cheval de bataille des croyances obscurantistes revenait en tête, et le danger était là. Cette peur imbécile était lamentable, car c'était elle la vague brutale qui voulait tout détruire. Psychose collective.

Voilà ce que pensait André Ormus ; la personne qu'il attendait devait certainement partager la même opinion ; cette personne était algérienne et musulmane ; elle se prénommait Abdelhadi, et André avait obtenu ses coordonnées par Nelly, l'inspectrice parisienne de la DST avec laquelle il était en cheville. Les quelques renseignements que le policier avait pu rapidement obtenir sur son interlocuteur furent confirmés par son apparence : en effet, il vit arriver un homme assez âgé, costaud, calme qui correspondait bien à son profil d'ancien militaire de l'armée algérienne ; la seule surprise provint de la superbe créature qui l'accompagnait, et que Abdelhadi présenta comme étant l'une de ses nièces : très brune, les yeux en amande, un corps somptueux aux formes en guitare qui donne envie de plaquer des accords, avec notamment des jambes superbes qui s'évadaient d'une jupe un peu serrée ; André Ormus avait souvent remarqué chez les jeunes femmes maghrébines ce mélange simple de pudeur et de sensualité, mélange particulièrement érotique mêlant l'exotisme pour qui savait y être sensible. Elle tendit la main à André Ormus et se présenta :

– Djamila.

– André. Enchanté de faire votre connaissance.

Il invita Djamila et Abdelhadi à s'asseoir sur son banc, placé dans un coin tranquille pour que personne ne pût les entendre ; puis il se tourna vers l'Algérien et lui demanda :

– Que se passe-t-il dans les banlieues ?

– Les jeunes n'ont pas de travail.

– Ce n'est pas nouveau.

– Oui, mais cette situation s'éternise. Et maintenant, il y a le FIS, le GIA, les informations sur l'Algérie ; alors ils se raccrochent à la religion ; ils n'y croient pas vraiment, mais ils écoutent les Imams.

– Et comment sont les discours des Imams ?

– Tout dépend des Mosquées. Il n'y en a d'ailleurs toujours pas plus qu'avant, alors ce sont souvent dans les caves que résonnent des prêches.

Mais les jeunes ont changé. Oui, ils ont changé. Et la France aussi.

Apparemment Abdelhadi n'avait pas l'air de trouver que ces changements constituaient des progrès : il faisait partie de cette génération d'Algériens marquée par des relations conflictuelles et ambivalentes entre nos deux pays : vieilles rancunes et complicités. Et s'il comprenait la violence des jeunes qui ne parvenaient pas à trouver leur place, il ne l'approuvait pas ; car Abdelhadi avait connu la violence, la vraie, et il n'avait pas envie qu'elle revînt, surtout en se servant de la religion comme idéologie ; or, au fil des années, il avait remarqué l'évolution des mentalités, des discours, des comportements ; Abdelhadi avait compris ce qui se passait, mais il n'était pas d'accord.

Abdelhadi avait vu des jeunes oublier leurs problèmes quotidiens en plongeant dans une clandestinité inutile et dérisoire faite de petits trafics dont les profits financiers étaient happés par des groupuscules activistes aux discours guerriers ; Abdelhadi avait vu des gamins s'enflammer pour la progression de l'Islam dans le monde alors qu'ils habitaient depuis vingt ans dans le même immeuble triste ; Abdelhadi avait senti la progression d'une haine stérile.

Abdelhadi avait vu aussi des policiers un peu spéciaux rôder autour des Mosquées, et il savait que risquait de se mettre en place l'engrenage habituel du chat et de la souris, et que cela n'en valait pas la peine. Voilà pourquoi Abdelhadi était là aujourd'hui, en train de discuter avec André Ormus. Ce dernier lui demande ce qu'il convenait de faire, il lui répondit qu'il fallait voir et comprendre, s'immerger dans le milieu avant que celui-ci ne s'enfermât dans une logique encore plus définitivement radicale.

L'Algérien était toujours aussi calme qu'au début de l'entretien, et pourtant il évoquait les passions de milliers de jeunes, un tournant dans la pratique de l'Islam qui risquait de remettre en cause des années d'intégration ; il sentait aussi combien l'agent secret semblait démuni, et il lui dit :

– Ce que je peux vous conseiller, c'est de vous promener dans les quartiers qui connaissent des difficultés. Vous êtes policier ?

– En quelque sorte.

– N'allez pas là-bas en tant que policier, mais en observateur ; agissez ensuite. Mais faites attention : des collègues à vous ont voulu recruter un informateur, et tout s'est très mal passé.

– Je suis au courant.

– Tout le monde est au courant.

– Et comment puis-je me faire accepter du milieu ?

– N'y comptez pas, c'est impossible. Mais vous aurez un guide : ma nièce Djamila vous aidera autant qu'il lui sera possible.

Les femmes et les musulmans d'un certain âge, les éduqués et les éducateurs aussi, contre la montée de l'intégrisme : c'était logique. Grâce à Djamila, André Ormus allait pouvoir entrer dans la danse ; mais il serait aussi étroitement surveillé. Abdelhadi se leva et ajouta :

– Je vais vous laisser vous organiser. Bon courage. Je vous précise que Djamila est célibataire.

Un peu lourd, le vieil Abdelhadi. De toute façon, André Ormus avait déjà remarqué que Djamila était très belle ; il avait aussi appris par son oncle présumé qu'elle n'avait pas d'homme dans sa vie, ce qui lui ouvrait la porte de tous les fantasmes. Après tout, face à toutes ces mauvaises nouvelles sur le retour des religions primaires, l'agent de la DST ne pouvait qu'apprécier la douceur de la jolie Djamila.

PAGAÏE

Capiteux : une femme qui s'en allait laissait
derrière elle les effluves d'un parfum capiteux.
Comme André Ormus n'était pas achetable, on lui
envoyait souvent une femme dans les bras : jolie,
facile, mais avec suffisamment de personnalité
pour être autre chose qu'une catin. Non que cette
dernière fût méprisable, bien au contraire : que
serait la sexualité urbaine sans les amours tarifées ?
Cependant, la compagne occasionnelle de l'agent
secret s'offrait pour autre chose que de l'argent :
elle aidait en surveillant, elle représentait le repos
du guerrier sous contrôle permanent. Cela étant,
c'était une femme : esprit féminin, corps féminin,
ô combien appréciable en ces temps de progrès
fulgurants de la surveillance électronique.
Imaginer faire l'amour avec Djamila, à défaut de le
faire avancer dans son enquête, fut pour André un
moment très agréable, troublant et attachant :
Abdelhadi prenait ses investigations au sérieux et
lui offrait une assistance choisie. Cependant, ses
prises de contact n'étaient pas terminées et le
policier décida d'appeler maintenant le
Commissaire Jean. Encore une vieille relation.
Au téléphone, on commença par lui répondre
qu'on ne connaissait pas de Commissaire Jean, et

on l'invita à laisser ses coordonnées ; André Ormus ne se formalisa pas de ces petites mesures habituelles de sécurité et demanda qu'il le rappelât dans une heure à son bureau.

Après une douche vivifiante, il sortit de son appartement et dévala l'escalier ; il se sentait en pleine forme, et aussi d'excellente humeur car la beauté de Djamila trottait encore dans sa tête. Arrivé dans le hall de son immeuble, il s'approcha de sa boîte aux lettres ; au moment où il sortit son trousseau de clefs, il sentit le canon d'un revolver s'enfoncer dans son dos et, très classiquement, une voix fort peu aimable lui demanda de lever les mains.

Bien évidemment, il pivota brutalement et donna un vigoureux coup de poing dans la figure de son agresseur ; malheureusement celui-ci était accompagné de trois acolytes et la situation tourna très vite à son désavantage ; il eut encore le loisir d'assener quelques solides torgnoles mais elles lui furent rendues en nombre bien supérieur, ce qui rapidement conduisit André Ormus à demander une trêve. Cette dernière lui fut accordée d'autant plus facilement qu'il avait affaire à des policiers, et plus précisément à la fameuse équipe qui parrainait le regretté Ahmed ; mais eux ne savaient pas qui était André Ormus, et ils venaient visiblement pour lui poser impromptus quelques questions. Pour ce faire, le hall de son immeuble n'était évidemment pas le meilleur endroit et ils invitèrent André Ormus à les suivre ; ce dernier se mit à espérer qu'ils n'allaient pas l'entraîner au Mirail, car depuis quelque temps, ce quartier était préjudiciable aux personnes victimes d'enlèvement... En tout cas, ils avaient l'air nerveux, et André Ormus eut la confirmation en direct qu'ils n'avaient pas digéré la disparition définitive de leur informateur.

Mais quelles que fussent les circonstances, l'agent de la DST n'avait pas l'intention d'obtempérer à leurs manières brutales, ni de leur apprendre maintenant qui il était, il savait par ailleurs qu'il s'agissait d'une équipe qui n'était pas parfaitement rodée aux techniques d'interpellation, surtout pour des gens comme André Ormus ; il fit alors mine de les suivre et, au moment où l'étau se desserra lorsqu'ils passèrent la porte de l'immeuble, André Ormus déclencha à nouveau les hostilités en bousculant le policier qui le précédait, puis partit en courant dans la rue ; il ne risquait pas grand-chose car ils n'avaient pas le droit de se servir de leurs armes dans de telles opérations.

Ils se lancèrent évidemment à sa poursuite, et il y avait parmi eux un jeune Gardien de la Paix qui semblait assez performant dans la course à pied, ce qui donnait quelques sueurs froides à André Ormus ; en outre, il apercevait maintenant au bout de la rue d'autres hommes qui, eux, avaient dégainé ; heureusement, il reconnut presque aussitôt le Commissaire Jean et ses coéquipiers. La situation devenait confuse : André Ormus était poursuivi par des policiers, et allait être sorti d'affaire par la section antiterroriste du même ministère... C'était la pagaïe, un imbroglio sans nom.

Ils frôlèrent l'incident grave ; mais tout le monde réussit à garder son calme. André Ormus refusa de discuter avec des collègues aussi visiblement dépourvus de bonnes intentions et il laissa le Commissaire Jean leur donner les explications nécessaires ; ces dernières ne semblèrent pas leur suffire puisque celui qui paraissait être leur chef de groupe lança d'un ton vengeur :

– On se retrouvera !

– Aucun problème...

Les visiteurs indélicats s'éloignèrent et le Commissaire invita André Ormus à monter dans son véhicule ; ils décidèrent d'aller prendre un verre dans un café de la place Wilson ; par radio, le Commissaire donna l'ordre à ses hommes de rejoindre leur section, puis il démarra. Les rues de Toulouse commençaient à être encombrées par la circulation, le Toulousain préférant encore sa voiture au bus et au métro.

Ils s'étaient installés à la terrasse d'un café ; mais ils n'épiloguèrent pas sur ce qui venait de se passer, ces conflits étaient fréquents entre les services de police et avaient donné lieu à tant de scénarios de films : allez expliquer à la brigade des stups de la police urbaine que leurs collègues de la police judiciaire avaient le droit de travailler – ou l'inverse – et vous aurez un bon aperçu de la réalité policière, que la haute hiérarchie de notre administration qualifie à sa manière inimitable de saine émulation...

En l'occurrence on avait dépassé ce stade des rivalités entre services concurrents, et le policier qui partageait avec André Ormus ce petit-déjeuner le savait bien. Le Commissaire Jean était naturellement au courant du meurtre d'Ahmed, et ses implications.

Ce fut pourquoi ils en vinrent tout de suite aux faits ; mais le Commissaire répondit qu'il ne savait rien, car il ne s'agissait pas de son secteur ; André Ormus ne fut pas vexé par cette réponse : il lui faisait toujours la même, ce qui était un réflexe professionnel élémentaire ; l'agent de la DST demanda alors au patron de la section recherche pourquoi Nelly avait organisé cette entrevue, et il lui répondit qu'il mettait ses moyens à sa disposition ; André Ormus le crut bien volontiers, mais savait aussi qu'il allait se mettre à gratter de son côté ; cette diversité ne le gênait pas, au contraire : plus on est de fous, plus on rit ; en termes d'espionnage, plus on est nombreux à secouer le cocotier, plus nombreux sont les renseignements que l'on obtient – sans oublier les bosses sur la tête –.

Cependant, André Ormus ne se contenta pas de cette volée de flèches lancées vers la cible qui l'intéressait ; il demanda au Commissaire de mettre à profit ses relations au sein de la police pour lui expliquer la présence des joyeux drilles de tout à l'heure dans le hall de son immeuble ; cette situation était acceptable il y a quelques années à Beyrouth ; mais au cœur de Toulouse, ces procédés étaient un peu déplacés.

Pour conclure, le Commissaire lui remit la liste des Mosquées toulousaines ou bien lieux de culte assimilés, avec les coordonnées et les tendances politico-religieuses de leurs Imams. André Ormus, quant à lui, n'avait rien à lui donner, si ce n'était ses vifs remerciements pour son intervention opportune un peu plus tôt dans la matinée... en espérant qu'il ne se soit point agi d'une mise en scène destinée à le tuiler pour son entrée dans ce dossier. Nelly l'avait prévenu : l'Islam intégriste était à la mode.

CIBLES

La cible en papier était criblée d'impacts.

André Ormus visa une nouvelle fois. Il fit mouche.

Mais il était meilleur au jugé ; il demanda au moniteur qu'il installe une nouvelle cible et lui apporte une autre boîte de cartouches.

Nelly lui avait donné l'adresse d'un club de tir connu à Toulouse, sans aucune autre précision ; c'était pourquoi André était venu au hasard et qu'il s'entraînait depuis une heure au stand.

Savoir tirer en toutes circonstances était une nécessité dans sa profession même s'il lui arrivait très rarement de sortir son arme : question d'ambiance, sans doute. Et puis, les circonstances professionnelles pouvaient être si variées que ce sport vindicatif de précision et d'entraînement faisait partie de la panoplie.

Mais contrairement aux cow-boys ratés ou tarés qui se faisaient du mauvais cinéma sur les activités d'André Ormus et de ses collègues, les agents secrets n'étaient pas des adeptes des méthodes violentes ; en conséquence, ils évitaient le plus possible la faune qui traînait dans les clubs de tir :

entre les mythomanes et les individus louches qui cherchaient à se racheter une conscience, les professionnels avaient davantage l'occasion de perdre leur temps que d'obtenir des informations intéressantes, ne confondons pas officier de renseignement et mercenaire.

André Ormus s'interrogeait donc sur sa présence en ces lieux : il était encore en train de vivre une séance de pêche à la ligne, et attendait qu'un vilain petit poisson morde à l'hameçon. Il avait peut-être une touche avec celui qui s'installa dans le stand placé sur sa droite ; un individu ventripotent d'une quarantaine d'années, qui se mit lui aussi à tirer sur une cible – assez mal d'ailleurs –, et semblait d'avantage intéressé par les prouesses d'André Ormus.

Ce dernier avait eu une bonne intuition, car son voisin ne tarda pas à lui adresser la parole, en commençant évidemment par le complimenter sur ses résultats ; puis il l'invita à prendre un verre au bar. André Ormus le laissa se dévoiler en lui donnant juste assez d'informations pour qu'il comprît sa passion des armes et trouvât naturelle sa présence dans ce club de tir ; l'agent de la DST ajouta quelques sous-entendus politiques extrêmement déplaisants pour les Gouvernements socialistes depuis le Front Populaire et son interlocuteur fut à point. Cette hypocrisie professionnelle lui permit d'apprendre l'existence d'un commando lourdement armé, actuellement en sommeil, mais prêt à intervenir avec des méthodes radicales ; et les cibles potentielles de ce réseau d'extrême-droite étaient, comme par hasard, les milieux maghrébins sur lesquels il planchait depuis quelques jours. Simon avait raison : tous les ingrédients pour une déflagration destructrice se mettaient en place, et il était temps d'intervenir.

André Ormus resta très évasif devant les propositions de ralliement que lui faisait le gros bœuf ; car s'il était de bon ton dans une mission de brouiller les pistes le plus possible, afin de provoquer à terme une réaction lumineuse, l'agent de la DST n'avait absolument pas envie de faire entrer dans la mêlée des fondus extrémistes, aveuglés par leurs préjugés racistes ; il aurait déjà suffisamment de fil à retordre avec les intégristes les plus durs pour ne pas y ajouter des excités de l'autre bord. De toute façon, pour André Ormus, ils étaient tous des fascistes.

Après réflexion, il décida même de faire un tour à sa manière : il demanda plus de précisions au gros abruti, en lui faisant comprendre qu'un type de son acabit ne pouvait pas s'engager à la légère, discours qu'il sembla parfaitement comprendre. Après avoir exigé qu'André Ormus donne son arme au serveur, il l'entraîna dans une salle discrète au fond du club ; là, il ouvrit un coffre-fort et lui montra un certain nombre de documents internes, conformes à la production de ce genre d'organisations ; à vrai dire, le policier était bien plus intéressé par une disquette informatique qu'il avait entr'aperçue et qui portait une étiquette imprudente où était inscrit le mot « fichier ».

Assommer le ventripotent ne fut pas un problème ; il mit ensuite la disquette dans sa poche, il lui fallait maintenant récupérer son arme, ce qui allait être plus délicat ; et puisqu'il était plongé dans un milieu de Rambos miniatures, il choisit la manière forte : il déboula dans la salle du bar et attrapa un tabouret qu'il lança sur le serveur ; puis, sautant par-dessus le comptoir, il récupéra son revolver ; il était temps car quatre costauds, probablement inscrits sur la disquette qu'André Ormus avait l'intention de dérober, s'avançaient vers lui d'un air menaçant ; il les prévint gentiment qu'ils n'étaient pas en train de tourner un film et qu'il n'hésiterait pas à tirer s'il le fallait ; son affirmation produisit l'effet espéré et il se dirigea lentement mais sûrement vers la sortie.

Il eut à peine le temps de monter dans sa voiture qu'ils étaient déjà une dizaine à se précipiter vers lui ; mais ils avaient perdu : André Ormus leur offrit maintenant une petite promenade automobile dans Toulouse, prenant même le soin de ralentir lorsqu'il ne voyait plus leurs véhicules dans son rétroviseur ; il n'avait pas l'intention de jouer inutilement avec leurs nerfs, mais tant qu'à faire le ménage, il préférait être consciencieux et relever les numéros des voitures qui le pourchassaient au cas où la liste de la disquette serait incomplète.

Ce fut chose faite lorsqu'il aborda la place du Grand Rond ; il se mit alors à accélérer pour distancer ses poursuivants et prit la direction du square du Général De Gaulle, où il se gara.

Puis il entra dans le bureau de Poste et mit la disquette dans une enveloppe qu'il adressa à la DST à Paris : les services centraux étaient habitués à ce genre d'envois marginaux, prises de guerre des agents en opération.

Là-haut, des analystes sérieux et cravatés faisaient ensuite le tri dans de calmes et austères bureaux, et préparaient la matière pour de futures missions ; ainsi avançait la machine.

Sa lettre étant prête, André Ormus se plaça dans une file d'attente. Lorsqu'arriva son tour, il prépara le recommandé, puis il sortit du bureau de Postes et retrouva la Rue Lafayette. Il avait deux heures devant lui : c'était largement suffisant pour acheter *le Monde* et le lire tranquillement à la terrasse d'un café sur la place du Capitole, en profitant des agréables rayons de ce soleil toulousain qui se voulait printanier.

PÉTROLE

Un économiste américain, Daniel Yergin, avait écrit un livre sur notre « société des hydrocarbures » qui pouvait se résumer par l'équation suivante : Pétrole = argent + pouvoir ; l'auteur démontrait comment l'or noir était fondamentalement à la base de nos modes de vie : puissances financières et militaires ; produits chimiques et engrais agricoles ; urbanisation des banlieues, avec le développement du transport automobile ; l'économiste rappelait même qu'en 1960, aux États-Unis, près de 40 % des demandes en mariage étaient présentées dans une voiture, conséquence très indirecte mais réelle de l'incontournable pétrole...

C'était à tout cela que songeait André Ormus dans l'avion qui l'emmenait en Algérie ; car Nelly lui avait fixé un rendez-vous avec un officier de l'armée algérienne, dans la localité d'Hassi-Messaoud qui était l'un des principaux gisements pétroliers de ce pays.

L'avion atterrit à l'aéroport d'Alger ; par curiosité, André Ormus ne put s'empêcher de regarder par le hublot ; il connaissait bien le Maroc, mais n'avait jamais mis les pieds en Algérie, et c'était avec une émotion certaine qu'il découvrait ce beau pays.

Pourtant, l'heure n'était pas à la rêverie ; dès sa descente d'avion, il fut pris en main par Hacem, l'officier algérien, qui le dispensa des contrôles douaniers – un avantage des missions spéciales lorsque vous êtes le bienvenu – ; il était vrai que dans d'autres circonstances, la réception était parfois moins courtoise...

Tel n'était pas le cas aujourd'hui, et son hôte fut particulièrement chaleureux ; ils se dévisagèrent et André Ormus sourit intérieurement : il y avait quelques années à peine, cet agent des services algériens, formé dans les écoles du KGB à Moscou, l'aurait considéré comme un adversaire absolu, représentant de choc de l'ancienne France coloniale, allié privilégié de la CIA et pion du sionisme international ; et l'agent de la DST aurait vu en lui un produit local de la machine communiste mondiale. Sa génération avait eu la chance de voir évoluer les choses ; il fallait simplement espérer qu'elles iraient dans la bonne direction ; leur rencontre, à leur modeste niveau, devait se comprendre dans ce sens.

Hacem lui demanda s'il souhaitait boire quelque chose avant qu'ils ne repartent ; ils devaient en effet embarquer à bord d'un avion militaire qui les conduirait directement au centre pétroléo-gazier d'Hassi-Mesaoud ; mais André Ormus n'avait pas soif et préférait entrer le plus vite possible dans le vif du sujet. Ils décollèrent aussitôt pour un nouveau voyage aérien d'environ 800 kilomètres et le Français pensa avec une pointe de regret qu'il découvrirait Alger une autre fois.

Il eut une petite consolation en survolant Alger la blanche et sa magnifique rade qui s'agitaient sous le soleil africain. Que savait-il de cette ville ? Un mot lui vint à l'esprit : casbah. C'était un peu léger, et il se promit de relire Camus dans les prochaines semaines, de regarder *Pépé le Moko* et de visionner *la bataille d'Alger* de Gino Pontecorvo.

Hacem mit un terme à ses réflexions en lui montrant un dossier rédigé en anglais, et qui émanait des services de renseignements égyptiens ; c'était incroyable le nombre de dossiers qu'André Ormus récoltait depuis quelques jours... Cela étant, c'était la première fois qu'il feuilletait une production interne de ses collègues égyptiens ; mais sa curiosité fut vite satisfaite : la DST, les RG et la DGSE, pour s'en tenir à l'hexagone, réalisaient à peu près les mêmes. Il s'intéressa ensuite au contenu : il était consacré à la guerre en Bosnie-Herzégovine et pronostiquait une progression de l'intégrisme en Europe, attisé en particulier par les fondamentalistes iraniens, les Pasdarans ; suivait une comparaison avec la montée de l'islamisme en Égypte, où les militants les plus excités des Frères Musulmans, un vrai mouvement internationaliste, avaient commencé à agresser les touristes, qui étaient l'une des principales sources de devises au pays des pyramides ; soit un mélange détonnant de violence paramilitaire et d'atteintes économiques.

Islam intégriste... Intégristes musulmans...

Tout le monde décidément était en train de fantasmer là-dessus. André Ormus, qui lisait plus volontiers Salman Rushdie que le Coran – pas plus d'ailleurs que la Bible, le Talmud ou la Torah – commençait à se demander comment il allait pouvoir intervenir sur cette affaire. Il fit part de ses doutes à Hacem qui lui répondit très logiquement :

– C'est vrai que nous réfléchissons tous sur l'intégrisme musulman. Quant à l'intervention d'un représentant de la France laïque, elle ne m'étonne pas. Après tout, c'est votre pays qui a le mieux résolu, jusqu'à présent – mais pour combien de temps ? –, les tensions communautaires liées aux religions, même si ce sur quoi nous travaillons désormais dépasse le cadre de l'organisation d'une société civile.

André Ormus se dit que son interlocuteur devait être au moins Colonel, pour être en mesure de tenir un tel discours en fin de matinée. Bon sang ! Des services qui s'étaient combattus pendant des années, qui avaient joué à cache-cache, suivant les instructions de leurs gouvernements respectifs, en étaient maintenant à organiser des tête-à-tête entre leurs officiers pour parler de querelles religieuses. Cela étant, entre le FIS, le GIA – puis sa dissidence du Groupe salafiste pour la prédication et le combat qui deviendra en 2007 Al-Qaïda au Maghreb islamique –, les Algériens donnaient aussi !

Heureusement, il n'eut pas le temps de se poser de nouvelles questions car leur avion arrivait à destination. Ils montèrent ensuite à bord d'une jeep militaire et Hacem lui apprit qu'ils parviendraient très rapidement au centre pétrolier, car les pistes sont toujours situées à proximité des sites majeurs ; ils quittèrent la localité qui abritait la base militaire où ils avaient atterri et s'engagèrent sur des routes poussiéreuses mais en bon état. André Ormus avait des lacunes en géographie, et donc une idée très approximative de l'endroit où ils se trouvaient ; mais un reste de culture générale lui laissait imaginer qu'ils circulaient dans le Grand Erg du sud-est de l'Algérie.

En effet, ce qui caractérisait le paysage, c'étaient des cailloux ; par contre, la circulation automobile y était fort réduite ; c'était pourquoi André Ormus fut un peu surpris lorsqu'il vit arriver en face de leur voiture un camion et deux autres jeeps ; il se dit qu'il s'agissait certainement de collègues d'Hacem ; mais ce dernier ne sembla pas du tout partager son avis car il cria quelque chose en arabe à son chauffeur, puis passa à l'agent de la DST l'un de ses revolvers en lui disant simplement un mot explicite :

– Terroristes !

C'était un langage qu'André Ormus comprenait parfaitement ; il existait ainsi un certain nombre de mots qui déclenchaient chez les gens de sa profession des automatismes ; par exemple, le mot « terroriste » signifiait qu'il fallait très rapidement dégainer une arme, faire un roulé-boulé et se défendre énergiquement. Le problème en la circonstance était que leurs agresseurs étaient au nombre d'une vingtaine ; certes, les agents secrets étaient déjà à l'abri derrière leur jeep à l'arrêt, et pendant que le chauffeur lançait des appels radio de détresse, Hacem et André Ormus avaient commencé à griller leurs cartouches. Toute l'ambivalence du métier de l'ombre était là : vous aviez beau lire noir sur blanc dans un dossier que certaines contrées étaient hostiles à votre profession, vous étiez pourtant surpris qu'il puisse encore vous arriver des bricoles une fois que votre hiérarchie vous avez envoyé là-bas.

Philosopher en envoyant des coups de revolver était une position très inconfortable, André Ormus pouvait en témoigner ; Hacem semblait beaucoup plus à l'aise que lui dans cette situation d'inconfort absolu. Et la situation risquait de s'éterniser car ils avaient assez de munitions pour attendre l'arrivée des renforts, qui devait être imminente ; par acquit de conscience, André Ormus préféra cependant demander à Hacem dans combien de temps ils verraient les chars ; l'Algérien lui répondit :
– Tout dépend si la brigade qui réceptionne notre message radio est favorable aux Islamistes, ou bien est restée légitimiste.

André Ormus n'était pas entièrement satisfait de cette réponse et tout en rechargeant à nouveau son arme, il se surprit à maudire Nelly, ce qui était rare ; mais quand même : il revoyait encore le sourire à la fois tendre et surpris de la ravissante Marlène lorsqu'il l'avait réveillée tôt ce matin pour lui annoncer son départ ; et passer brutalement des bras d'une postière toulousaine à une embuscade algérienne était certes original, mais un peu excessif vu son ancienneté dans les services ; oui, André Ormus connaissait des collègues qui à son âge avaient pour seule préoccupation de déposer élégamment le courrier du matin sur le bureau de leur Directeur ce qui, à de rares exceptions près, était beaucoup moins dangereux ; il restait à André Ormus la satisfaction de faire connaissance avec ces fameux Islamistes, qu'il ne connaissait jusqu'à présent qu'à travers par les articles du *Monde*.

Il jeta un coup d'œil à sa montre : le temps passait et il commençait à redouter que la division blindée promise ne fût aux mains des « barbus », surnom justifié des intégristes justifié en raison de leur apparence, même comme simple soldats. Heureusement, leur technique n'était pas au point et en maintenant un tir permanent, Hacem et André Ormus arrivaient peut-être à les tenir à distance – jusqu'à l'épuisement de leur réserve de munitions ; et André ne savait absolument pas combien de cartouches transportait avec lui un officier des SR algériens –.

Tout à coup les assaillants, aussi soudainement qu'ils étaient apparus, se dispersèrent, remontèrent dans leurs véhicules et disparurent. André Ormus interrogea évidemment Hacem pour connaître la raison de ce retournement de situation inattendu ou du moins incompréhensible, et l'Algérien lui répondit qu'il s'agissait d'une stratégie de la tension. L'agent français en déduisit que les militants islamistes algériens disposaient non seulement d'armes à feu, mais aussi de stocks de manuels de guérilla des brigades maoïstes dans années soixante, ce qui le réconforta beaucoup : en effet, les hommes de l'ombre au contact de la barbarie aimaient, quelles que fussent les circonstances, trouver leurs repères, classer, répertorier ; leur travail consistait à rationaliser la violence aveugle et à pouvoir dire à leurs chefs : le mode opératoire utilisé dans le désert algérien est identique à la stratégie péruvienne.

Ainsi, tout le monde était content : les services étaient en territoire connu, et les terroristes pensaient s'inscrire dans la grande lignée de leurs figures emblématiques.

Hacem et André Ormus poursuivirent leur traversée du désert sans incident et arrivèrent enfin en vue des installations pétrolières d'Hassi-Messaoud ; Hacem fit visiter le centre à l'agent de la DST, mais comme celui-ci n'était ni un technicien spécialiste en ingénierie industrielle ni un écologiste forcené, il ne jeta qu'un coup d'œil vaguement distrait aux bâtiments de la raffinerie ; son guide sentit son manque d'intérêt et le conduisit alors dans le bureau du Directeur de la Sonatrach, la compagnie pétrolière nationale algérienne fondée à l'indépendance et tiroir-caisse du gouvernement et de la junte militaire pro-FLN ; on leur apporta du thé brûlant qu'ils dégustèrent à petites gorgées ; Hacem demanda :

– Préférez-vous que nous parlions tout de suite, ou souhaitez-vous déjeuner avant ?

– Le travail d'abord : je vous écoute.

– Le Parlement algérien a adopté une nouvelle loi sur les hydrocarbures qui prévoit d'associer les compagnies étrangères à l'exploitation de nouveaux gisements de matières premières, ces dispositions ont été prises en raison de la baisse du prix du brut sur le marché mondial, car nous avons besoin d'investissements pour financer la modernisation de nos installations.

– La plupart des pays producteurs ont été obligés de suivre cette politique.

– Tout à fait. Mais malgré nos contacts avec une trentaine de compagnies internationales, nous n'avons pas obtenu le succès escompté.

– Pourquoi ?

– Nous avons d'une part dû tenir compte des réticences de nos meilleurs souverainistes – oui, nous aussi, nous avons nos aveugles du drapeau...

– ; d'autre part, plusieurs investisseurs ont été freinés par le développement du terrorisme islamiste, qui porte des coups à notre image internationale, en rendant les opérations dangereuses pour les ressortissants étrangers, avec des risques de prise d'otages.

– Justement, quelle est la part de la réalité ?

– Nous avons la situation en main d'une manière générale, mais la frontière est si grande que sa porosité résiduelle ne peut empêcher des infiltrations régulières de petits groupes armés ; mais vous avez vous-même pu constater que nos routes n'étaient pas toujours sûres. Nos troupes d'élites sont prêtes à intervenir au moindre coup de force mais les installations pétrolières ne sont pas intrinsèquement lourdement défendues en continu, ce qui aurait un coût prohibitif.

– Certes. Mais tout cela relève de la politique énergétique de l'Algérie. À la limite, vous avez plus besoin d'un ingénieur commercial de Total ou d'Elf que d'un agent des services Français.

– Vous faites erreur, Monsieur Ormus. Le problème est davantage militaire et géopolitique qu'économique.

– Ce ne serait pas la première fois que les pays arabes utiliseraient le pétrole comme arme ; rappelez-vous la guerre du Kippour.

– Tout cela n'a rien à voir avec le conflit israélo-arabe, nous n'en sommes plus là.

– Alors, où voulez-vous en venir ? Pourquoi me montrez-vous vos installations pétrolières ?

– Les islamistes sont des politiques, c'est-à-dire qu'ils visent la conquête du pouvoir sur un mode léniniste : avant-garde éclairée qui entraîne les masses populaires.

– Affirmatif, j'avais analysé leur mode de fonctionnement.

– Vous, les Occidentaux, devez comprendre ce que signifie la prise éventuelle du pouvoir par les Islamistes : elle entraînerait le contrôle de votre approvisionnement en matières premières, et vous savez aussi bien que moi que vos centrales nucléaires ne suffiraient pas à produire l'énergie dont vous avez besoin en permanence.

– Bref, vous nous refaites le coup du chantage à l'or noir. Que souhaitez-vous ? Une intervention militaire ?

– Bien sûr que non : le temps du colonialisme est terminé depuis longtemps.

– Alors, une meilleure coordination entre nos services de renseignement ? Elle existe déjà, et vous êtes parfaitement au courant que nous avons largement contribué à mettre en place une structure de travail commune entre les services algériens, égyptiens et tunisiens, et qu'elle donne d'excellents résultats.

– C'était une bonne initiative, à conserver et à développer.

– Que voulez-vous de plus ?

– Je veux que vous compreniez que le monde bouge ; et ce n'est pas avec la représentation de l'Islam qui circule dans les bureaux parisiens que vous aurez une saine compréhension du problème.

– Et bien, expliquez-moi : je suis venu sans ce but.

– Je sais que vous faites partie des gens capables d'entendre mon discours ; mais il se fait tard, Monsieur Ormus : que diriez-vous d'un bon couscous ? Vous devez savoir qu'il en existe plusieurs sortes selon qu'on est dans le Constantinois, l'Oranais, l'Algérois...

COUSCOUS

Hacem remplit à nouveau les verres d'un vin rosé fruité produit dans la région d'Ain-Bessem-Bouira tout en affirmant :

– D'après votre dossier, vous êtes un amateur de rosé ; sinon, je vous aurais fait goûter un excellent vin rouge algérien, comme *la cuvée du président...* Un vin velouté, épais et chaleureux, issu des quatre meilleurs vins d'appellation Mascara, Dahra, Médéa et Tlemcen, aux nuances boisées et fruitées...

André Ormus sourit et remercia son hôte puis tourna son regard vers les trois danseuses qui égayaient leur repas ; deux brunes avaient la tâche de valoriser la troublante et lascive danse du ventre effectuée par une blonde : mouvements lents et brusques, tourbillons de foulards et cuisses fugitives ; André Ormus s'imaginait presque être un touriste en goguette.

C'était maintenant l'heure des pâtisseries algériennes, des rahat-loukoums, très moyen-orientales comme le halva libanais, et du thé ; les danseuses saluèrent leur public sur une dernière pirouette, puis disparurent en trottinant vers une tenture qui cachait une porte à l'embrasure d'architecture mozarabe ; Hacem demanda à André Ormus si le spectacle lui avait plu et le Français ne put qu'acquiescer. Cette mission était étrange : tous les gens qu'André Ormus voyait le recevaient chaleureusement et avaient l'air d'attendre quelque chose de lui, comme s'il possédait la clef du problème ; mais quel était le problème exactement ?

André Ormus questionna Hacem, il lui répondit en lui dressant un tableau économique et politique de l'Algérie :

– Pendant des années, Monsieur Ormus, les gens de votre pays et du mien ont raisonné sur des notions solides : en schématisant, le FLN, l'OAS, l'indépendance. Mais tout a explosé en 1988, au moment de la révolte des jeunes : le FLN, qui dirigeait seul le pays depuis une trentaine d'années, a dû brusquement concéder des réformes constitutionnelles, avec en particulier la fin du parti unique. Et l'année suivante, à la surprise générale, ce sont les Islamistes du FIS qui ont remporté un important succès électoral dans l'ensemble du pays. Heureusement, il s'agissait d'élections locales, mais l'avertissement populaire était sévère pour le FLN : les Islamistes avaient réussi à récupérer le vote protestataire des masses, et commençaient à s'en servir dans leur stratégie politique.

– Il existait également des dissensions internes au sein du FLN, ce qui n'a pas arrangé la reprise en main.

– Oui mais, en réalité, tout s'est passé dans la rue ; et au petit jeu des manifestations, le FIS a gagné ; à tel point que le FLN a fini par perdre les élections législatives, scrutin qui a d'ailleurs été annulé.

– Pourquoi le pays n'a-t-il pas basculé ?

– La pression internationale d'une part ; le rôle de l'armée ensuite : elle est sortie de sa réserve pour se poser en ultime rempart de la démocratie si cela se révélait nécessaire, ce qui a quelque peu refroidi les ardeurs du peuple. Enfin, je pense qu'il subsistait un décalage entre le discours religieux des responsables islamistes et le sentiment d'opposition au pouvoir des masses populaires.

– La situation a encore évolué ?

– Oui. Tout d'abord, nous craignons une contamination idéologique à l'intérieur même de l'armée, chez les sous-officiers et le contingent, ce qui menacerait le fondement du système. En outre, comme en Turquie, les Islamistes continuent à progresser, en suppléant très habilement l'État dans le domaine social, ce qui n'est pas rien en ces temps de crise économique et démographique.

Nous devons compter aussi avec des actions terroristes et l'assassinat de nombreux membres des forces de l'ordre, ainsi que d'intellectuels progressistes et laïcs.

Le tableau que venait de brosser Hacem ne laissait guère d'espoir pour l'avenir ; n'importe quel analyste de la DST ou de la CIA, à partir de telles données, conclurait sans aucun doute son rapport par un classement de l'Algérie en zone de turbulences maximales dans les vingt prochaines années. Encore une bombe à retardement léguée par l'effondrement du marxisme soviétique... L'Europe récupérerait le bébé ; un économiste de café du commerce s'en remettrait aux vertus du capitalisme, et proposerait une extension rapide de la Communauté Économique Européenne ; C'était malheureusement compter sans le poids des croyances, des haines ancestrales et des volontés de pouvoir, qui avaient tendance à fleurir ces derniers temps, pas si lointaines réminiscences du passé ; le nouveau désordre mondial postcommuniste ressemblait à un champ d'orties, avant de devenir un champ de ruines.

André Ormus regardait Hacem d'un air pensif : l'Algérien avait déjà refusé que le Français conseillât à son Gouvernement l'envoi de la Légion

Étrangère, et ce dernier se demandait comment pouvait se concevoir utilement son rôle ; il interrogea son hôte :

– Je suppose que vous avez en Europe des agents qui surveillent l'évolution de la situation dans les communautés immigrées ?

- C'est fort possible.

– Pouvons-nous envisager une coopération à ce niveau ?

– Cela n'offre aucun intérêt, Monsieur Ormus. Ce sont vos extrémistes de droite – que nous connaissons bien – qui font le lien entre la situation internationale et celle de leur pays.

– Je comprends. Alors, que faire ?

– Voir et comprendre.

Le vieil Abdelhadi avait déjà dit la même chose ; André Ormus n'y était pas hostile, mais cette attitude lui paraissait un peu trop passive.

L'agent de la DST insista :

– Il nous est tout de même possible de mettre la pression sur les réseaux islamistes implantés en Europe ; ces réseaux servent certainement de repli et de sources de financement.

– C'est indéniable. Vous porterez ainsi un coup à la montée du phénomène. Mais vous ne le stopperez pas.

– Mon Cher Hacem, je vous trouve terriblement fataliste.

– Oui. Nous nous sommes libéré de la colonisation. Puis nous avons essayé vos technologies, vos idéologies, pour construire notre développement. Et tout cela est en train de s'effondrer ; c'est un gâchis formidable, d'autant plus regrettable qu'il se fait au nom de l'Islam, religion fraternelle et tolérante.

André Ormus avait l'impression que Hacem n'avait pas trop le moral, et il était exact que sa description était inquiétante. Cela étant, André Ormus ne se sentit pas découragé ; l'histoire se répétait : des millions de gens avaient faim et ils ne croyaient plus en Marx mais en Mahomet ; une fois encore, ce problème de développement était plus idéologique que religieux. Le phénomène avait certes rapidement pris de l'ampleur et justifiait une réaction vigoureuse ; mais il n'y avait pas le feu à la maison.

Les barbus islamistes qui jouaient avec des allumettes pour conquérir le pouvoir étaient certes dangereux, car ils manipulaient un mélange explosif à base de démographie et de fanatisme, mais aussi des économies trop dépendantes d'une seule activité ; mais avec de telles bases doctrinales, ils ne parviendraient pas à produire un mode original de révolution mondiale. Quant aux problèmes d'ordre public dans les pays du Maghreb – qui ne constituaient qu'une partie de la zone d'influence de l'Islam – ils restaient classiques, mêmes s'ils étaient sérieux – voire très dangereux dans le cas du GIA –. En outre, ce n'était pas à André Ormus de les résoudre ; mais l'agent de la DST pensa qu'il était tout à fait possible de donner un coup de main à Hacem.

Hacem devait estimer que l'on avait choisi d'envoyer André Ormus en Algérie en raison de son incommensurable optimisme ; il sourit et lui proposa encore une tasse de thé, que le Français refusa ; ce dernier préférait en effet repartir immédiatement pour la France, à condition que leur conversation fût terminée.

– Je crois que nous avons fait le tour, lui dit Hacem.

En conclusion, disons que les difficultés que nous évoquons ne relèvent pas du terrorisme que vous craignez en Europe, mais de la mise en place douloureuse et mouvementée de nouvelles forces, d'une nouvelle donne.

Les services comme les nôtres vont devoir essayer de peser sur l'événement, dans la durée et sur un très grand territoire, particulièrement difficile à surveiller ; c'est presque une *mission impossible*.

– Nous verrons bien.

André Ormus remercia Hacem pour son hospitalité et ils repartirent pour Alger. L'agent de la DST remarqua que leur escorte avait été considérablement renforcée, dernier signe qu'il emporta de cet entretien.

Une fois installé dans l'avion qui le ramenait de l'autre côté de la Méditerranée, il s'intéressa aux journaux qu'il avait pris à l'embarquement ; la place accordée aux heurts entre les forces policières et militaires et les islamistes lui confirmèrent les propos alarmistes d'Hacem. En posant les journaux, André Ormus ne put s'empêcher de trouver cette violence absurde ; et ce fut alors qu'il se souvint d'une phrase de Camus : « Le monde finit toujours par vaincre l'histoire ».

RÉPONDEUR

En arrivant à Toulouse, André Ormus ressentit tout d'abord une impression de bien-être ; il existait ainsi des villes où l'on se sentait naturellement bien, même si on n'appartenait pas depuis trois générations à la bourgeoisie locale. Toulouse était certainement l'une des villes au monde qui savait le mieux aimer celui entrait chez elle – opinion évidemment subjective d'André Ormus, mais sincère –.

André Ormus acheta ensuite *la Dépêche du Midi* pour s'informer des dernières nouvelles ; et il eut l'agréable surprise d'y trouver en première page un article sous la plume d'Hélène, sa charmante coéquipière journaliste. Il lut évidemment son papier, d'abord par curiosité, ensuite par intérêt : curiosité de connaître son style, intérêt de découvrir ses révélations sur la mort d'Ahmed, à la suite d'un entretien qu'elle avait obtenu avec le Patron de la Brigade Criminelle.

Ainsi, ses collègues de la Police Judiciaire, les fins limiers de la procédure haut de gamme, laissaient filtrer des informations qui les rapprochaient de la vérité : à savoir qu'ils excluaient la piste du trafiquant de drogue et se rapprochaient du terrorisme international ; de là à voir débarquer dans quelques jours à Toulouse les as de la sixième division de la Police Judiciaire parisienne, spécialisés dans le terrorisme, il n'y avait qu'un pas ; quant à la discrétion nécessaire aux investigations secrètes d'André Ormus, elle devenait de plus en plus aléatoire.

Fallait-il alors lancer un leurre afin de préserver sa mission ? André Ormus n'aimait pas ce genre de procédés : ce n'était pas très convenable vis-à-vis de ses collègues et en l'occurrence, le problème semblait si vaste que cela ne l'avancerait pas à grand-chose. Le vieil Abdelhadi lui avait conseillé d'agir en observateur : or, plus il y aurait d'acteurs, plus le spectacle promettait d'être intéressant.

En arrivant à son bureau, André Ormus trouva sur son répondeur un message du Commissaire Jean, qui l'invitait à rejoindre immédiatement une adresse située dans le quartier d'Empalot ; André Ormus regarda sa montre : il avait exactement quinze minutes pour se rendre sur place ce qui, compte tenu de la densité de la circulation toulousaine, représentait un exploit en matière de conduite automobile.

Évidemment, il n'avait pas encore eu le temps de faire réparer sa voiture, mais l'avantage était que lorsque les autres usagers des rues toulousaines voyaient arriver dans leurs rétroviseurs les tôles froissées de son véhicule, ils avaient tendance à s'écarter rapidement et à le laisser passer. L'agent secret, avait-on déjà dit, aimait la discrétion ; en la circonstance, c'était complètement raté ; mais il tenait à être ponctuel au rendez-vous que lui avait fixé le Commissaire Jean, lequel n'avait pas pour habitude de le déranger inutilement. Et de toute façon, il changerait prochainement de voiture, rctrouvant ainsi l'incognito qui convcnait à sa respectable profession...

Il arriva dans l'avenue Henri Sellier ; à première vue, tout était calme, et il fallait un œil expérimenté comme le sien pour remarquer cinq voitures qui étaient pourtant garées normalement ; mais leurs conducteurs en l'apparence de paisibles citoyens toulousains, avaient de grandes chances d'être des Inspecteurs ou des Enquêteurs de la Section Recherche du Commissaire Jean. André Ormus vit d'ailleurs surgir ce dernier, au guidon d'une moto ; il s'approcha de lui, souleva la visière de son casque et lui dit :

– Nous vous attendions, Monsieur Ormus. Je pense pouvoir vous démontrer pourquoi l'équipe qui vous a agressé l'autre jour était si fébrile.

Le Commissaire lança un appel radio par un petit micro, dissimulé à l'intérieur de son casque, et dont le fil était relié à une radio cachée dans son blouson. Aussitôt, tous les véhicules du dispositif de la SR démarrèrent en cortège.

Ils se dirigèrent vers le quartier Bagatelle, qui était l'une des citées difficiles de Toulouse ; construites dans l'urgence une vingtaine d'années plus tôt pour loger des populations défavorisées, ces grands ensembles représentaient maintenant des secteurs inesthétiques et inhumains tendant à marginaliser leurs habitants ; et ils constituaient un casse-tête pour les édiles municipaux qui tentaient d'éviter qu'ils ne se transforment en ghettos.

Ce n'était pas le problème des policiers, à vrai dire. Le Commissaire avait passé à André Ormus une radio portative, et il l'interrogea sur la destination de leur caravane automobile ; le patron de la SR lui répondit :

– J'ai pu apprendre que nos « rivaux » allaient faire une descente dans l'un des immeubles de bagatelle, et que cette opération était liée au problème qui vous intéresse ; mais je n'ai pu en savoir davantage. Le meilleur moyen pour satisfaire notre curiosité est donc d'assister en spectateurs à la visite de nos collègues.

– Ils sont au courant de notre venue ?

– Pas du tout ! Nous la mettrons si besoin est sur le compte du hasard, vieux compagnon de route des pérégrinations policières.

– Vous ne croyez pas que votre dispositif est un peu lourd ?

– Bagatelle est tout de même un quartier assez chaud, on ne sait jamais.

Voilà le type de discours que l'on commençait à entendre dans une ville comme Toulouse. Pourtant, ici, c'était le Sud : mot magique qui signifiait douceur de vivre, tolérance, influences latines et arabes... L'Occitanie, le Grand Sud, le Sud-Ouest, en un mot comme en cent, c'était l'art d'une vie agréable, qui se perpétuait malgré la standardisation des modes d'existence. Le Toulousain, le Gersois, l'Albigeois, l'Ariégeois, le Pyrénéen, pour s'en tenir à la région Midi-Pyrénées, avaient toujours du mal à comprendre le crachin breton, la rigueur alsacienne ou le stress parisien ; c'était une idée commune, mais qui restait tellement valable. Le Sud contre le Nord ? Non, ne parlons pas d'opposition, mais plutôt de différences ; et dans le Sud, on savait peut-être mieux qu'ailleurs respecter et harmoniser les différences.

C'était pourquoi André Ormus était surpris par le discours guerrier du Commissaire ; les grands ensembles toulousains n'avaient rien à voir avec ceux des métropoles du Nord de l'Europe ; et à défaut de les trouver beaux, on ne les sentait pas dangereux. Lorsque les Policiers s'enfoncèrent dans le quartier Bagatelle, sorte de citadelle plantée brutalement dans le décor toulousain, André Ormus s'attendit presque à une bataille rangée ; il n'aperçut en réalité que des silhouettes furtives, écrasées par la taille des immeubles.

Le Commissaire Jean s'approcha de la voiture d'André Ormus ; puis il disposa ses troupes en lançant des messages radio. L'agent de la DST lui redemanda pourquoi il engageait tant de moyens, et le patron de la SR lui rétorqua :

– Tout d'abord, le mois dernier, deux de mes Inspecteurs ont dû quitter précipitamment le quartier alors qu'ils venaient faire une vérification d'adresse, et leur véhicule est reparti sous des jets de pierre. C'était la première fois que cela arrivait, mais je préfère maintenant prendre mes précautions. Par ailleurs, si mon tuyau est bon, il risque d'y avoir du grabuge, quand l'équipe que nous attendons va débarquer.

– Nous interviendrons ?

– Non.

– Même pas vous ?

– Nous ne sommes pas censés être là. Voir sans être vus...

– Et que viennent chercher vos collègues ?

– Un atelier clandestin de confection ; uniquement des imitations de grande marque.

– Je savais que la Police s'intéressait désormais au travail clandestin, mais je ne vois toujours pas le rapport avec notre enquête ; je ne suis pas un Inspecteur du travail.

– Moi non plus.

La radio grésilla et l'un des hommes du Commissaire Jean, posté à l'angle de la cité, annonça l'arrivée de ceux dont nous voulions surveiller les activités.
André Ormus reprit leur conservation :
– Alors, Commissaire, éclairez ma lanterne.
– Et bien, si mes renseignements sont exacts, ils vont démonter une source de financement du FIS, rien de moins.
– L'intégrisme payé à coups de chemisettes Lacoste ? Pourquoi pas. C'est sérieux ?

– Oh, bien sûr, à première vue, ce genre de trafic paraît minable. Pourtant, l'enquête a démontré que les produits financiers de cette confection clandestine étaient considérables, en tout cas largement suffisants pour faire fonctionner une organisation terroriste.

– Tous les produits sont diffusés sur le marché local ?

– Local, régional, et même à Paris ou ailleurs ; en suivant les circuits financiers, nous avons vu apparaître un réseau qui s'étend jusqu'au Nord de l'Europe.

– Pas idiot : la mode est internationale. Et comment vos collègues ont-ils obtenu ce tuyau ?

– Je n'en ai aucune idée. Je suppose qu'ils ont un informateur que je ne connais d'ailleurs pas, ce qui m'agace prodigieusement.

–... et qui explique votre présence aujourd'hui à Bagatelle.

– Exactement. Mais je vous laisse : l'opération commence.

Le Commissaire fit démarrer sa moto et se plaça à quelques dizaines de mètres du véhicule d'André Ormus. Peu après, ils virent surgir trois voitures qui se garèrent devant un immeuble, et l'agent de la DST reconnut les policiers qui avaient voulu l'arrêter l'autre jour à la sortie de son domicile ; ils avaient l'air toujours aussi énervés et se précipitèrent à l'intérieur du bâtiment.

André Ormus vit ensuite un Inspecteur de la Section Recherche entrer à son tour et l'entendit commenter sa progression par radio :

– Zoulou 5 à Zoulou 1, je suis dans le hall.

– Zoulou 1 à Zoulou 5, essayez de savoir où ils vont, mais ne vous faites pas repérer.

– Zoulou 5 à Zoulou 1, message reçu. Je pense qu'ils sont descendus dans la cave. Je n'entends rien. Je vais prendre l'escalier. Je ne sais pas si vous pourrez toujours recevoir mes messages.

Pendant quelques instants, la radio resta silencieuse, le temps que l'Inspecteur envoyé au contact retrouvât la piste de son gibier.

Puis elle grésilla à nouveau :

– Zoulou 5 à Zoulou 1, me recevez-vous ?

– 3 sur 5. Zoulou 5, répondit le Commissaire Jean. Quelle est votre position ?

– Ils sont bien dans la cave. Je suis planqué à proximité de leur objectif mais je ne peux pas m'approcher davantage.

– Aucune importance, Zoulou 5. Que se passe-t-il ?

– Ils ont procédé à des interpellations. Apparemment, tout se passe dans le calme, mais il semble qu'ils n'aient pas trouvé exactement ce qu'ils cherchaient.

– C'est-à-dire ?

– Je ne sais pas, je n'entends pas tout, Zoulou 1. Attention ! Ils ressortent.

La radio redevint muette ; quelques instants plus tard, ils virent les policiers sortir de l'immeuble, entourant deux jeunes maghrébins, puis monter dans leurs voitures et quitter le quartier par un démarrage en trombe. Tout s'était passé dans le calme et l'arrestation, très discrète, n'avait provoqué aucune réaction dans l'entourage. Le Commissaire lança alors un appel radio général :
– Zoulou 1 à tous : nous allons rejoindre Zoulou 5 dans la cave de l'immeuble, sauf Zoulou 3 qui reste en veille à l'extérieur.

Ils sortirent de leurs véhicules et pénétrèrent dans l'immeuble ; à en juger par l'état des lieux, André Ormus se dit que SOS Racisme n'avait pas encore eu le temps de passer quelques coups de pinceaux...

Ils rejoignirent ensuite Zoulou 5, qui était caché dans une cave vide ; il les guida jusqu'à une porte entrebâillée et leur dit :

– C'est ici.

Ils ouvrirent la porte et entrèrent dans une vaste pièce, qui faisait penser à la salle des machines d'un bateau. Ils commencèrent à fouiller et découvrirent des stocks de vêtements ; rangés par catégories, ce qui donnait l'impression d'un étrange marché aux puces ; mais ils ne dénichèrent aucun document du FIS, et tout cela avait l'apparence d'un simple atelier clandestin de confection. Un Gardien de la Paix prit quelques photos, puis ils décidèrent de quitter les lieux.

Le Commissaire Jean invita André Ormus à les accompagner dans les locaux de la SR, afin de discuter sur cette opération ; mais l'agent de la DST déclina son offre car en raison de son statut de « détective privé », il ne tenait pas trop à être vu dans des services de police ; ils convinrent d'un nouveau rendez-vous puis André Ormus regagna son bureau.

Là, il trouva un nouveau message sur son répondeur : le hasard faisait bien les choses puisqu'il s'agissait d'Hélène, la journaliste de *la Dépêche du Midi* ; elle lui demandait de la rejoindre le plus tôt possible à son domicile ; André Ormus pensa que décidément, depuis son retour d'Algérie, tout le monde lui téléphonait pour le voir en urgence.

Étant donné que l'on ne lui laissait pas le temps de souffler, André Ormus se consola en interprétant cette accélération comme un signe positif : il ne savait toujours pas qui avait tué Ahmed, et comment il allait pouvoir satisfaire les instructions de Nelly ; cependant, il constatait une fois encore que la brique paisible de la Ville Rose dissimulait, pour qui était capable de chercher, les tensions dont se nourrissaient les services de renseignement. Et André Ormus, flic toulousain, se démenait pour les beaux yeux de Toulouse ; saurait-elle lui rendre l'affection qu'il lui portait ?

LA LIBERTÉ DE LA PRESSE

André Ormus connaissait deux villes dans le Sud-Ouest qui avaient la forme d'un cœur : Sarlat dans le Périgord, et Toulouse ; par exemple, si l'on regardait un plan de Toulouse, on s'apercevait que la vieille ville était grosso modo divisée en deux lobes, qui correspondaient chacun à une réalité sociologique très ancienne : à droite, le quartier du Parlement et ses grandes familles discrètement bourgeoises ; à gauche, le quartier des Capitouls, qui abritait plutôt le pouvoir économique et commerçant.

Hélène habitait dans le lobe droit du cœur de Toulouse, ce qui ne signifiait pas nécessairement qu'elle fût la descendante d'une très vieille famille ; mais l'immeuble où elle demeurait était particulièrement cossu. Après avoir sonné à l'interphone, André Ormus monta un escalier en pierre blanche jusqu'à l'appartement de la journaliste et sonna à sa porte.

André Ormus fut content de revoir Hélène, car il aimait ce personnage de femme émancipée qui avait su conserver son charme féminin ; était-il un phallocrate déguisé ? Vive la femme libre, à condition qu'elle restât belle pour lui plaire ? Non, André Ormus ne trichait pas avec l'émancipation féminine ; après tout, s'il en prenait plein la figure depuis des années, s'il consacrait son temps de travail à nettoyer les bas-fonds de la société, C'était pour répondre aux instructions d'une femme ; il était vrai que si Nelly n'était pas aussi jolie, il serait peut-être devenu un fonctionnaire de police.

Par contre, André Ormus réalisa qu'Hélène ne semblait pas partager avec lui le plaisir de leurs retrouvailles ; en effet, quand elle lui ouvrit la porte, il remarqua aussitôt son visage crispé. Ce fut en entrant dans son appartement qu'il comprit ce qui la tourmentait : elle était plongée dans un entretien houleux avec quatre individus qui répondaient visuellement aux normes des militants intégristes ; et il eut vite fait d'apprendre qu'ils s'étaient introduits de force dans son domicile parce qu'ils n'avaient pas apprécié son article dans *la Dépêche*. Quant à la venue d'André Ormus sur la requête téléphonique d'Hélène, elle se justifiait par les explications que souhaitaient lui demander ces mêmes personnes, qui n'avaient vraiment pas l'air sympathiques ; on pourrait aller jusqu'à dire qu'ils semblaient se prendre tout à fait au sérieux, ce qui était particulièrement ennuyeux lorsqu'il s'agissait de gens religieux.

Tout ce beau monde s'installa dans le salon et la discussion, qui s'apparentait à un interrogatoire, s'engagea : qui était André Ormus ? Qui avait inspiré l'article d'Hélène ? Étaient-ils tous les deux des ennemis de l'Islam ? Travaillaient-ils pour les services Français, américains, israéliens ? Que pensaient-ils de Saddam Hussein ? Hélène était terrorisée, quoique rassurée par la présence de l'agent de la DST, et leur dit la vérité, qui était anodine : elle avait fait son travail de journaliste à *la Dépêche du Midi*. André Ormus resta évidemment plus évasif et, à vrai dire, s'ennuyait.

Oui, André Ormus s'ennuyait : cette situation l'agaçait et devant cette nouvelle péripétie, il s'aperçut qu'il en avait assez du milieu du renseignement, de cet univers tordu qui surévaluait son importance. Après tout, les services secrets n'étaient qu'un outil prévisionnel au service des Politiques ; et André Ormus considérait en outre que le comportement agressif de ces barbus était illégitime ; alors, il avait beau prendre le problème dans tous les sens, il se devait de constater qu'en ce moment, tout le monde lui cassait les pieds.

Questions. Réponses. André Ormus participait. Mais il avait la tête ailleurs. Tiens, en réalité, il était en train de penser à la musique du disque

« Atom Heart Mother » de Pink Floyd, et à ses trois grosses vaches noires et blanches. Aux questions des Islamistes qui l'interrogeaient, André Ormus répondait par un regard de grosse vache noire et blanche ; il ne comprenait pas de quoi ils lui parlaient, il s'offusqua lorsqu'ils leur proposèrent de l'argent pour passer dans *la Dépêche du Midi* des articles qui leur seraient favorables – curieuse conception de la liberté de la presse - ; André Ormus fit mine d'être désemparé face à leurs menaces, et se rappela cette phrase de Salman Rusdhie : « La forme romanesque exclut l'idée que quiconque puisse avoir une explication complète et exhaustive de la réalité. Les fascismes religieux ou séculiers, le communisme soviétique ou le fondamentalisme musulman ont en commun l'ambition d'une explication totale du monde » ; le problème était bien là : il existait des gens à l'esprit totalitaire qui rêvaient de citoyens et d'artistes sous cellophane, qui voudraient le beurre et l'argent du beurre ; des artistes bien rasés, bien habillés et bien pensants ; l'art officiel de la dictature, qu'elle fût douce ou dure ; et si ces artistes résistaient à la volonté qui voulait en faire les hagiographes d'un pouvoir, d'une idéologie, on les enfermait ou pire, on les condamnait à mort ; monde merveilleux qu'André Ormus aimait de tout son cœur, liberté chérie, égalité en vue, fraternité bienvenue : André Ormus demandait pardon à Dieu de ne pas croire en lui.

L'agent de la DST faisait face aux quatre minables qui les harcelaient et tentait de les raisonner, de leur faire comprendre que leur fanatisme religieux les avait conduits à oublier la réalité : l'Islam politique n'avait aucun avenir ; que ce fût en Algérie, en Iran ou en Arabie Saoudite, les mouvements islamistes n'avaient été capables de proposer, au rejet du « Modèle » occidental, qu'un ersatz de société fondée sur le statut inférieur de la femme et l'application des principes coraniques ; soit un schéma terriblement limité, par surcroît incapable de dépasser le cadre national. Alors les barbus qui menaçaient Hélène et André Ormus faisaient à ce dernier autant d'effet qu'un Jésuite qui lui expliquerait les vertus du nouveau catéchisme romain pour la reconstruction de l'Europe de l'Est. Face au goupillon, l'érection – avec capote si vous craignez le sida – ; et pour le reste, que les Églises nous fichent la paix.

L'un des agresseurs dut ressentir particulièrement le mauvais esprit d'André Ormus car il devint véritablement hargneux à son égard ; il constatait qu'à cause de sa présence, les pressions sur Hélène étaient vaines et que leur opération tournait à la déconfiture. Avec une pointe de curiosité, le Policier se demanda comment ils allaient s'en sortir ; ils n'étaient tout de même pas suffisamment aveuglés par leurs croyances et leur confiance en eux pour oser leur faire le coup d'Ahmed ; il y aurait un peu trop de disparitions brutales à Toulouse, et les Islamistes devaient posséder assez de notions sur l'appareil policier et judiciaire pour comprendre que leur vie quotidienne deviendrait mouvementée.

Pourtant, ils avaient l'air de se décourager devant leur obstination ou, pour employer une expression ciselée, le mur de leur indifférence, et ils leur ordonnèrent de se lever. André Ormus se sentait bien dans le salon d'Hélène et tenta de résister, verbalement puis physiquement, à ce départ qui ne lui disait rien de bon ; il n'en fit pas trop pour éviter une réaction violemment définitive, mais il était évident qu'il n'avait pas envie de les suivre.

Le rapport de forces était ce qu'il était, André Ormus fut immédiatement encadré par deux barbus qui le forcèrent à se lever de son confortable fauteuil et l'entraînèrent vers la sortie.

L'agent de la DST commençait alors à s'interroger sérieusement sur la suite des événements lorsqu'ils entendirent crier :

– Haut les mains ! Laissez-le.

Nelly était très jolie ; mais, en l'occurrence plus que son physique agréable, on remarquait surtout la mini Uzi qu'elle braquait dans leur direction. André Ormus sourit à sa collègue : son intervention était vraiment opportune, et il appréciait en outre la maestria avec laquelle elle s'était discrètement introduite dans l'appartement et avait modifié le cours de la journée ; pour quelqu'un qui était censé de trouver à Paris, André Ormus trouvait qu'elle faisait – une fois de plus – très fort ; il la questionna évidemment sur sa présence à Toulouse, elle lui répondit qu'elle lui expliquerait plus tard et s'occupa maintenant de désarmer les militants islamistes qui s'intéressaient au journalisme sous influence. André Ormus l'aida à récupérer leur arsenal – peu sophistiqué : revolvers de petit calibre et couteaux – puis, pendant qu'il les menaçait de l'Uzi, Nelly passa un coup de téléphone, dont on pouvait essentiellement retenir que leurs agresseurs seraient très prochainement interrogés par la section antiterroriste de la DST.

Nelly se tourna enfin vers Hélène, qui semblait un peu perturbée par ce qu'ils venaient de vivre, et lui dit :

– Enchantée de faire votre connaissance, Mademoiselle. André m'avait beaucoup parlé de vous... Je vous le confie, prenez-en soin. Je pense que pour le moment, le mieux est que vous alliez tous les deux vous promener. Laissez-moi les clefs de votre appartement ; je les donnerai à votre concierge lorsque j'aurai terminé cette interpellation.

Voyant que décidément tout le monde s'obstinait à vouloir la faire sortir de chez elle, Hélène se leva, donna son trousseau de clefs à Nelly et se dirigea vers la porte. Quant à André Ormus, il renouvela sa demande d'explications :
– Merci, Nelly. Mais peux-tu maintenant m'expliquer ce que tu fais à Toulouse ?
– Nous en parlerons une autre fois.
– OK, Nelly. Peux-tu alors me dire un mot sur ce quarteron de questionneurs vindicatifs ?
– Hezbollah, répondit laconiquement Nelly.
– Je t'avais demandé un mot, c'est parfait. Veux-tu que j'attende avec toi l'arrivée des renforts ?
– Ce n'est pas nécessaire. Ne t'inquiète pas et poursuis ta mission.
– Au revoir, Nelly.
– À bientôt, André.

L'agent de la DST retrouva Hélène dans la rue ; la jeune femme paraissait toujours un peu secouée, mais elle tenait le coup. Ils se dirigèrent en silence vers la place du Tribunal et s'assirent sur un banc.

Le principal attrait de cette place, c'étaient les arbres : malgré la proximité de la circulation automobile, ils donnaient à l'endroit le caractère majestueux et paisible qui seyait à la justice.

Ce fut Hélène qui rompit le silence :

– Vous n'êtes pas détective privé...

– Cela revient au même. C'est une protection pas un mensonge.

– Et qui est cette femme ?

– Une collègue. Une amie aussi.

– Je croyais que cette violence n'existait pas vraiment.

– Elle existe. Mais elle ne vous concerne pas, sauf accident. Oubliez ce qui vient de se passer, n'en retenez que le côté spectaculaire.

– Je vous le promets, Monsieur Ormus.

André Ormus lui demanda enfin si elle allait bien ; elle le rassura, puis lui annonça qu'elle allait se rendre à son journal et préparer un papier sur leur mésaventure ; le Policier sourit en l'imaginant discuter avec ses collègues journalistes et son rédacteur en chef, puis mettre au point le texte qui serait publié. Plus tard, lorsqu'elle relirait son article, elle penserait que véhiculer un détective privé dans Toulouse pouvait parfois réserver des surprises.

ISLAM

– Le Hezbollah représente, comme le groupe Hamas, un groupe islamique armé et payé par Téhéran. On trouve la trace de ces groupuscules un peu partout en Afrique, notamment en Somalie, en Éthiopie et dans l'Érythrée, et aussi en Europe, par exemple en Bosnie et en Albanie. On croit savoir que l'Iran aurait investi trente millions de dollars dans le groupe Hamas, au détriment de l'OLP, afin de prendre en main l'Intifada palestinienne et d'essayer de détruire l'État d'Israël. Le 23 octobre 1983, un attentat au camion piégé, monté par le Hezbollah, a fait sauter le Drakkar où séjournaient les parachutistes français, venus en force d'interposition à Beyrouth : 58 parachutistes français ont été tués. S'ensuivit un autre attentat du Hezbollah, contre le QG des Marines américains à Beyrouth, où furent assassinés 241 marines en train de dormir. Mais les Mollahs iraniens ne se contentent pas de lutter contre le Sionisme ; ils en ont également après les régimes arabes modérés, les Musulmans laïcs.

Celui qui était en train de mettre en garde André Ormus contre les menées iraniennes était l'un des Imams du quartier du Mirail à Toulouse. Djamila

89

avait obtenu un rendez-vous avec lui pour l'agent de la DST, et ils étaient maintenant tous les trois dans son appartement ; l'Imam avait bien voulu le rencontrer pour lui parler de l'Islam, et bien qu'il eût accepté de répondre à sa question sur le Hezbollah, il lui rappela que le sujet de leur discussion était religieux ; André Ormus lui répondit que pour les Occidentaux, le visage actuel de l'Islam, c'étaient pourtant ces organisations terroristes et fanatiques qui étaient financées par Téhéran.

L'imam, prénommé Khaled, soupira devant le lieu commun que venait de prononcer le policier ; il demanda à une femme de leur apporter du thé, puis se dirigea vers la baie vitrée et contempla en silence le paysage urbain ; son appartement était situé au quinzième étage et il avait une vue d'ensemble sur le quartier, où étaient confinés tant de jeunes Maghrébins. Comment Khaled interprétait-il la venue d'André Ormus ? Maintenant, en France, l'Islam était numériquement la deuxième religion, et l'hexagone était devenu, pour reprendre le titre d'une enquête journalistique du *Monde*, une « terre d'islam » ; que fallait-il faire pour accompagner ce phénomène ?

Un effort de raison, de compréhension, qui excluait la violence, d'où qu'elle vint.

Ils burent leur thé ; André sourit à Djamila, qu'il avait été très heureux de revoir ; elle possédait ce charme tendre que seules les brunes savaient offrir, une douceur apaisante et vitale ; elle était ensuite chaleureuse et sympathique. C'était elle qui était venue le chercher à son bureau pour l'amener chez Khaled, et dès qu'ils s'étaient revus, ils avaient été complices. L'itinéraire professionnel d'André Ormus était jalonné de femmes : blondes, brunes ou rousses, peu importait l'apparence ; il restait ce tempérament féminin, qui était au bout du compte la seule joie véritable qu'il retirait de son travail, la seule liberté qu'il lui offrait en récompense de ses succès. Lorsqu'il serait devenu un vieil agent secret usé et inutile, que l'on ne lui demanderait plus rien, il se mettrait dans un coin et se consolerait du naufrage en pensant à elles.

Khaled lui adressa la parole :

– Monsieur Ormus, j'ai bien réfléchi à vos questions. Je suis un Imam et ne souhaite pas me transformer en auxiliaire de Police ; mais je crois utile de vous expliquer, à vous, ce qu'est l'Islam ; mon discours sera pédagogique et ne correspondra peut-être pas à ce que l'on attend dans les services auxquels vous appartenez.

Prenez cependant le temps de m'écouter.

– Vous avez parfaitement compris le sens de ma démarche, et je vous promets de tenir compte de vos propos.

– Je vous fais confiance, Monsieur Ormus. Alors, parlons de l'Islam : c'est la troisième et la dernière des grandes religions monothéistes, après le Judaïsme et le Christianisme.

L'Islam est apparu au VIIe siècle en Arabie et a été révélé au prophète Mohammed. Fondé sur la croyance en un Dieu unique, Allah, l'Islam s'est répandu d'abord au Moyen Orient, où la synthèse avec les cultures hellénique et persane a permis la naissance d'une civilisation originale, qui a pour idéal l'unité du monde musulman ; cet idéal est inaccessible, et sa recherche s'appuie sur un mode de vie strict, composé de cinq obligations rituelles : la profession de Foi, les cinq prières quotidiennes, l'aumône légale (qui est une redistribution des richesses), le pèlerinage à La Mecque et le Ramadan. L'observation de ces obligations rituelles s'accompagne du respect d'un ensemble de traditions rassemblées dans le Sunna, qui regroupe le Coran et les commentaires du Prophète ; le tout débouche sur un modèle de société parfaite, dont les règles sont prescrites par la Charia, la loi islamique.

– Les laïcs reprochent justement à cette Charia d'être totalitaire, de ne pas respecter la liberté de l'individu, et d'être en outre archaïque, car inadaptée à l'urbanisation de la société musulmane.

– Effectivement, Monsieur Ormus, c'est l'un des griefs que les Occidentaux adressent à la loi islamique : elle confond le pouvoir spirituel et le pouvoir temporel ; oui, l'une des principales différences avec un pays comme le vôtre, c'est la non-séparation des Églises et de l'État, pilier de la Laïcité. Un autre trait particulièrement choquant à vos yeux, c'est certainement la totale sujétion de la femme à l'homme, que même le plus phallocrate des Européens aurait du mal à imaginer. Il faut comprendre que les règles sociales édictées par l'Islam s'appliquaient à une société pastorale et nomade.

– L'islam a cependant évolué ?

– Évidemment. Tout d'abord, il existe deux grands courants au sein de l'Islam mondial, issus de schismes qui se sont produits dès le VIIe siècle de l'ère chrétienne. On trouve en premier lieu le Sunnisme, qui regroupe la quasi-totalité des pratiquants ; fondée sur le Sunna, c'est la forme la plus tolérante car elle respecte la liberté de la relation entre le croyant et la divinité, sans l'intermédiaire d'un clergé. Par contre, le Chiisme, qui compte environ 10 % des Musulmans, est beaucoup plus rigide, et impose notamment des ecclésiastiques ayatollahs, mollahs - ; ces derniers sont des chefs politico-religieux à qui les adeptes doivent une totale obéissance ; le Chiisme, divisé en de multiples branches, est principalement implanté en Iran, en Syrie et au Liban.

– L'équivalent de nos inquisiteurs chrétiens au XIIe siècle, ce sont alors les Chiites.

– La comparaison n'a aucun sens, Monsieur Ormus. La théorie que j'évoque doit de comprendre dans le monde contemporain et il serait absurde, dangereux, voire raciste de confondre le Moyen Âge européen avec l'évolution actuelle dans la pratique de l'Islam.

– Le racisme, a dit Albert Memmi, c'est « la valorisation, généralisée et définitive, de différences réelles ou imaginaires, au profit de l'accusateur et au détriment de sa victime, afin de légitimer une agression ou des privilèges ».

– Je connais Albert Memmi, et je l'apprécie.

– Nous avons les mêmes lectures, c'est encourageant.

– Au-delà des circonstances, ce n'est pas un hasard si nous pouvons discuter ensemble. Mais votre réflexion est intéressante car elle révèle l'existence d'une erreur fréquente, qui est la confusion entre l'Arabe et le Musulman ; or, l'Islam aujourd'hui, ne se limite pas au Moyen-Orient, même si celui-ci en reste le cœur, et que La Mecque en est le centre historique, religieux, politique, culturel, symbolique... L'Islam compte actuellement plus d'un milliard de fidèles, répartis sur trois continents : l'Europe, l'Asie et l'Afrique ; parmi ces fidèles, 15 % seulement sont arabes ; on peut ajouter à cette sphère d'influence originelle les Iraniens et les Turcs. La plus importante communauté musulmane se trouve en Indonésie ; suivent l'Afrique noire et l'Europe centrale : lorsque l'on réfléchit à l'Islam, il faut garder cette dimension géographique en tête, et se souvenir aussi que la religion musulmane s'est confondue avec l'identité nationale au moment de la décolonisation, que l'Islam a procuré aux masses et même aux intellectuels du Tiers-monde une idéologie de substitution quand les normes occidentales ont perdu de leur valeur. Ceux qui ne comprennent pas ce lien n'ont qu'à prendre leurs armes et partir en guerre pour de nouvelles croisades ; mais alors le monde de demain sera plein de violence et de haine.

– C'est déjà un peu le cas.

– Ce n'est rien, Monsieur Ormus. Le fanatisme n'a pas de limites et peut conduire à l'innommable : rappelez-vous la seconde guerre mondiale en Europe et le génocide des Juifs.

– Les intellectuels européens croyaient, il y a quelques années que les nouvelles tensions planétaires passeraient par le réveil de la Chine ; en réalité, nous assistons à l'épanouissement de la puissance militaire persane...

– Ne schématisons pas ; il est certain qu'actuellement, c'est le pouvoir iranien qui réussit le mieux dans l'utilisation des forces spirituelles pour développer son potentiel géopolitique ; mais puisque vous êtes venu me voir pour me demander des explications historiques, permettez-moi de continuer.

André Ormus jeta un coup d'œil à Djamila ; elle n'avait pas dit un mot depuis le début de son entretien avec Khaled, qu'elle écoutait respectueusement.
Pourtant, le policier aurait aimé avoir son point de vue sur l'Islam, dont une pratique excessive conduisait à faire de la femme une inférieure de l'homme ; mais Djamila n'était pas une provocatrice, et après tout elle avait déjà su

démontrer à André Ormus qu'il était possible d'apprécier sincèrement un non-musulman.

Khaled reprit la parole :

– Effectivement, à part des intellectuels intuitifs comme le philosophe Michel Foucault, personne n'a vu venir l'expansionnisme iranien. Mais je vous propose maintenant un tableau de l'Islam pays par pays ; car s'il existe un rêve de « nation arabe », l'Islam doit se comprendre aujourd'hui comme une mosaïque de nationalismes, qui sont d'ailleurs la source de multiples conflits.

Cependant, je me limiterai, si vous le permettez, à évoquer ceux des pays que l'inconscient collectif occidental qualifie d'intégristes ; ce dernier terme, synonyme du retour de l'Islamisme sous une forme radicale, date du début du siècle : c'est exactement en 1928 que fut créé en Égypte le mouvement des Frères Musulmans, qui s'affirmait déjà comme un outil de lutte contre l'occidentalisation. La sphère d'influence de l'islamisme égyptien fut, grosso modo, l'Irak, le Liban et l'Afghanistan dans les années cinquante, puis le Maghreb après 1970.

Il faut garder en mémoire que contrairement au fondamentalisme, l'Islamisme n'est pas un courant religieux, mais politique ; en ce sens, s'il prône lui aussi une islamisation totale de la société, il n'est pas hostile à l'industrialisation, ni aux sciences et aux techniques : songez à son utilisation systématique des moyens de communication dans sa stratégie politique, en particulier lors des prises d'otages. En réalité, la principale faiblesse de l'Islamisme réside dans son incapacité à s'unifier dans une organisation internationale – rappelez-vous le Colonel Khadafi, qui échoua dans ses efforts d'unité du monde arabe –. Je passe sur le conflit israélo-arabe, qui a une dimension mondiale et historique particulière, et m'intéresserai davantage à la guerre entre l'Iran et l'Irak ; ce conflit est beaucoup plus symptomatique des évolutions que nous évoquons.

En effet, la Révolution iranienne est tout simplement la victoire du Chiisme révolutionnaire, dont j'ai déjà souligné les différences avec l'Islamisme sunnite, et bien plus qu'un conflit local pour devenir la première puissance régionale, il faut considérer la guerre entre l'Iran et l'Irak comme une opposition entre ces deux formes d'une même religion.

– Finalement, vous êtes très évasif.

– Vous avez remarqué ?

– Oui : ce que vous me dites est passionnant, mais ne m'avance guère.

– Où voulez-vous aller ?

– Si j'analyse bien vos propos, ce sont les Chiites iraniens qui sont les actuels responsables des tensions mondiales.

– Je n'ai pas dit cela.

– Vous êtes excessivement prudent.

– Je ne suis qu'un modeste Imam.

– ... qui ne veut pas prendre de risques. Et la guerre du Golfe ?

– Ce fut essentiellement un conflit entre l'Irak et les émirats du Golfe, dont le Koweït fut la principale victime ; incidemment, tout cela a débouché sur une réconciliation entre l'Irak et l'Iran, et a permis par ailleurs la mainmise de la Syrie sur le Liban. Bref, Monsieur Ormus, nous n'allons pas décrire les uns après les autres les déplacements des pions sur l'échiquier.

– En somme, le centre du monde est là-bas ?

– Le centre du monde est une utopie, souvent meurtrière. Non, ce qui est là-bas, ce sont le pétrole, plus la soif du pouvoir.

André Ormus avait l'impression que Khaled ne lui apporterait rien de plus, du moins pour cette fois-ci, et il décida de prendre congé. L'agent de la DST remercia l'Imam, puis Djamila et lui quittèrent l'appartement. André Ormus restait songeur : tous ces raisonnements à distance étaient bien gentils, mais au bout du compte peu explicites ; André Ormus trouvait aussi que les Iraniens avaient bon dos ; dans l'ascenseur, il demanda à Djamila ?

– Pourrais-tu me présenter un Iranien ?

– Oui ; j'ai mes entrées dans la colonie iranienne de Toulouse.

– Non, je ne veux pas voir un proche de l'ancien régime ; je souhaite discuter avec un sympathisant du pouvoir actuel à Téhéran.

– Tout est possible, mon cher André.

Ils retrouvèrent la rue et se dirigèrent vers le parking où la coéquipière d'André Ormus avait garé sa voiture. Là, une mauvaise surprise les attendait : le véhicule de Djamila était en flammes ; une dizaine de personnes s'agitaient autour du brasier, mais aucune n'avait d'extincteur. Heureusement surgirent presque aussitôt les pompiers.

André Ormus dit à Djamila de ne pas s'approcher de sa voiture et de laisser agir les secours ; il était inutile qu'ils se fissent remarquer davantage ; et puisqu'apparemment quelqu'un n'avait pas apprécié leur visite chez Khaled, ils allaient tranquillement rejoindre le centre-ville en métro. Quant au préjudice dont était victime la jeune

Algérienne, André Ormus se promit de s'en occuper au plus vite et de trouver un nouveau véhicule à Djamila : il fallait bien que les fonds secrets de la DST servissent à quelque chose.

COOPÉRATION

Marlène posa sur la platine un disque laser de Simon and Garfunkel puis rejoignit André dans son lit. Elle faisait partie de ces jolies femmes que l'on pouvait inviter à dîner en ville ; mais André Ormus préférait avoir le loisir de savourer chez lui la beauté de cette présence féminine. Ils refirent l'amour ; le plaisir que lui offrait cette blonde aux yeux clairs était dégusté par quelqu'un qui en connaissait la valeur, et qui avait bien l'intention de le prolonger le plus longtemps possible. Marlène était blonde comme Françoise était brune et Isabelle rousse ; mais Marlène était dans ses bras et se cramponnait à ses reins.

Un peu plus tard, elle apporta à André un verre de jus d'orange puis s'assit en tailleur sur la couette. L'heure n'était plus aux galipettes ; le policier avait remarqué qu'était posé sur le bureau de Marlène un ordinateur Macintosh et il demanda à la jeune femme si elle avait consenti à lui écrire quelques lignes. Marlène accepta, s'installa devant son écran et alluma l'ordinateur ; André Ormus lui dicta alors de mémoire :

– 1. La Mosquée de Paris : longtemps contrôlée par le Gouvernement algérien, elle regroupe les partisans d'un Islam traditionnel et populaire, composés essentiellement de harkis et de travailleurs immigrés algériens.

Marlène s'étonna :

– Qu'est-ce que tu me fais taper ? Tu prépares un cours sur l'Islam ?

– Ce sont des notes pour mon travail.

– Bon. Moi, je suis protestante.

– Félicitations. Je peux reprendre ?

– Mais bien sûr, mon Amour. Je ferai tout ce que tu voudras.

– Tu es géniale. Je vais t'épouser.

– Alors là, mon vieux, ce n'est pas encore gagné.

– Nous en reparlerons. Je continue : après la Mosquée de Paris, on trouve la Fédération des Musulmans d'Afrique Noire, qui pratique aussi un Islam traditionnel ; aucune remarque particulière. Par contre, l'Union des Islamistes de France, qui regroupe les immigrés turcs, représente un mélange d'Islam traditionnel et d'Islamisme. Ensuite, si ma mémoire est bonne, il existe une organisation ultraorthodoxe et messianique, appuyée par l'Arabie Saoudite, les États du Golfe et le Pakistan ; elle recrute chez les travailleurs immigrés de la première génération, et elle s'appelle Foi et Pratique – en version originale : Al Tabligh Al Dawa –.

– Tu pourras épeler, s'il te plaît ?

– Laisse tomber. C'est maintenant l'Union des Organisations Islamistes de France, financée par les pays du Golfe ; l'UOIF est en pleine expansion, et ses responsables sont proches des Frères Musulmans, de même que la Fédération des Musulmans de France qui, elle, est en perte de vitesse ; cette dernière compte dans ses membres des Français convertis. Puis, dans la même catégorie, il faut inclure l'Association des Étudiants Islamistes de France, très politisée et revendicative, également en relation avec les Frères Musulmans.

– Pas si vite.

– C'est bientôt terminé puisque nous en arrivons au FIS, Fraternité Algérienne de France, qui recrute chez les intellectuels, les étudiants et les jeunes Beurs ; partisan d'un Islamisme radical fondé sur une application stricte de la Charia, le FIS est une organisation politique qui connaît une progression fulgurante ; elle dispose de ses propres réseaux financiers, auxquels contribuent aussi des pays du Golfe et la Libye. Enfin, dans la même veine, je terminerai cette brillante synthèse par des groupuscules activités proches des Frères Musulmans et des mouvements islamistes algériens, tunisiens ou marocains, qui ont des adeptes chez les jeunes chômeurs des banlieues ou les diplômés en quête d'identité.

– Comment sais-tu tout cela ?

– Je l'ai lu dans *le Nouvel Observateur.*

– Et je peux savoir pourquoi tu me fais recopier des articles du *Nouvel Observateur* ?

– Il s'agit d'un très vieux fantasme : une belle blonde devant un Macintosh qui inscrit sur son écran les informations d'un magazine. Je ne peux pas t'expliquer pourquoi.

– C'est supportable, comme fantasme. Bon, j'imprime.

Marlène apporta ensuite à André la feuille où il avait fait le point des organisations musulmanes connues sur le territoire ; en relisant la page, il mesura le décalage entre les informations et la réalité ; puis il se consacra à sa charmante dactylographe momentanée : il avait en effet décidé de se faire pardonner son départ brutal de l'autre jour pour l'Algérie.

∴

Marlène avait rejoint son bureau, et André Ormus aussi ; mais contrairement à elle, l'agent de la DST n'avait pas à rester derrière un guichet ; il appela aussitôt le Commissaire Jean, car il était curieux de connaître les suites de l'interpellation réalisée l'autre jour par les policiers dans l'atelier clandestin de confection. Le Commissaire semblait content d'avoir de ses nouvelles :

– Vous appelez au bon moment ! Nous allons voir un informateur ; voulez-vous assister à la discussion ?

– Évidemment.

Le Commissaire lui donna rendez-vous dans le café du centre-ville où il devait rencontrer son contact, ce qui étonna un peu André Ormus : ce n'était pas l'endroit le plus discret pour ce genre d'entrevue. Peu après, l'agent secret retrouva le Commissaire Jean, accompagné de l'un des enquêteurs de la Section recherche ; ils étaient attablés avec un jeune Maghrébin. Ils firent des présentations elliptiques puis la conversation s'engagea ; André Ormus réalisa rapidement que le Commissaire et son coéquipier avaient « tamponné » un sympathisant toulousain du FIS ; l'entrevue promettait d'être intéressante car ils avaient devant eu l'un de ces jeunes déçus par l'intégration à la société européenne et tentés par le discours islamiste ; en effet, il leur expliqua qu'il avait renoncé à vivre comme un « kafir », c'est-à-dire un mécréant, et qu'il entendait désormais se comporter selon les principes du Coran ; il était un bon exemple des conséquences du prosélytisme islamiste dirigé vers les immigrés et les Beurs, par le canal des prêches diffusés dans certaines Mosquées.

C'était déjà un militant accompli, à savoir qu'il restait très évasif sur le FIS et ses structures à Toulouse ; il n'avait qu'une vingtaine d'années, mais fonctionnait déjà selon les normes de la marginalité violente et activité... André Ormus repensa à la mise en garde d'Abdelhadi : les incendiaires irresponsables qui annonçaient l'embrasement des banlieues européennes sous l'effet de l'Islam avaient tort, et étaient dangereux, car ils prônaient, inconsciemment ou non, la guerre civile ; à l'inverse, un angélisme aveugle serait tout autant négatif car il négligerait le jeu de forces incontrôlables et archaïques.

La discussion se prolongeait. Elle n'apportait toujours aucun élément concret sur les agissements des Islamistes dans la région toulousaine ; ils continuaient pourtant à discuter car il était évident que le jeune sympathisant du FIS avait quelque chose de particulier à dire aux policiers.

Une heure fut nécessaire pour qu'une parcelle de confiance s'instaurât et que leur interlocuteur en vint au message qu'il était chargé de transmettre : suivant les instructions d'Islamistes radicaux, l'organisation à laquelle il appartenait avait décidé de lancer une campagne contre la drogue en direction des Beurs du Mirail ; et il rappela que les Imams fondamentalistes proposaient une vie qui excluait l'adultère, l'alcool et l'usage de stupéfiants. À ce titre, le jeune militant proposait de donner aux policiers les éléments nécessaires au démantèlement d'un réseau de revendeurs de drogue dans les quartiers difficiles de la Ville Rose. Voilà qui était original : les filières présumées de groupes terroristes et les services ultra-spécialisés du Ministère de l'Intérieur étaient sur le point de coopérer et de lutter ensemble contre les trafiquants de stups ; cette proposition ne relevait pas de la compétence d'André Ormus, qui laissa le Commissaire Jean prendre l'affaire en main. Lorsque ce dernier eut terminé de recueillir les renseignements que le militant islamiste avait bien voulu lui communiquer, l'agent de la DST demanda cependant à intervenir et questionna le

Maghrébin sur ce qui l'intéressait en priorité, c'est-à-dire la mort d'Ahmed ; il sentit immédiatement un raidissement, mais insista :

– Vous sollicitez en quelque sorte notre assistance dans une opération qui est favorable à votre propagande ; vous devez comprendre que nous avons besoin de savoir si vous jouez cartes sur table, vous êtes obligé de nous démontrer votre crédibilité ; et pour cela, j'ai besoin de ces quelques précisions sur le meurtre d'Ahmed.

– Je ne sais rien. Peut-être les services secrets algériens, il leur arrive de monter des coups sur le territoire français.

– Je ne vois pas leur intérêt dans cette affaire.

– Je n'ai aucune information là-dessus. Nous n'y sommes pour rien, il est évident que nous n'allons pas nous amuser à ce type d'actions en Europe.

– Pourquoi ?

– C'est comme ça. Notre stratégie politique concerne les pays du Maghreb, même si nous nous préoccupons du sort des immigrés.

André Ormus sentit qu'il était inutile d'insister et que sa curiosité risquait d'abréger prématurément le contact qu'avait enclenché le Commissaire jean ; il laissa alors ce dernier convenir d'un nouveau rendez-vous avec son interlocuteur qui, après quelques autres précisions sur le trafic de drogue, leur annonça qu'il devait les quitter ; avant de partir, il insista pour payer sa consommation, afin de bien montrer qu'il ne devait rien aux policiers.

Ceux-ci le regardèrent s'éloigner puis firent le point ; le Commissaire de la Section recherche était tenté par cette affaire de drogue et avait l'intention de creuser dans cette voie ; pour André Ormus, le bilan était moins satisfaisant ; il retenait cependant la gêne visible du jeune militant islamiste lorsqu'il avait abordé le sujet du meurtre d'Ahmed : la structure à laquelle il appartenait ne faisait apparemment pas toute la loi dans le domaine qui l'intéressait, et la disparition de l'informateur enlevé sur la place du Capitole ressemblait de plus en plus à un très brutal rééquilibrage entre des forces rivales.

André Ormus demanda au Commissaire Jean ce qu'il pensait de sa nouvelle recrue ; il lui répondit :
– Celui-ci a l'air assez engagé dans le militantisme, et nous allons essayer d'en faire quelque chose. Mais ils ne sont pas tous comme lui et il existe une marge importante entre le discours public des religieux et la pratique quotidienne des Musulmans installés sur le territoire. En réalité, on relève une sorte de course à l'orthodoxie religieuse entre les Imams, qui cherchent par ce biais à

asseoir leur légitimité et à s'assurer le contrôle de la communauté musulmane de leur ville.

– Quel est le but de cette prise en main ?

– Comme d'habitude : le pouvoir et le fric. « Religion = piège à cons », proclament les anarchistes ; c'est aussi et surtout une affaire de gros sous.

Au moins, le Commissaire ne se faisait guère d'illusions sur les motivations profondes des clergés et à vrai dire, la réalité lui donnait raison. André Ormus s'apprêtait à le quitter sur ces bonnes paroles lorsqu'ils virent entrer dans le café un homme qui n'était autre qu'un Officier de la Section Rechercher ; il se dirigea vers son Patron :

– Chef ! Mauvaise nouvelle : l'objectif s'est fait descendre.

En bon professionnel, le Commissaire Jean avait mis en place une équipe chargée de « filocher » le jeune Maghrébin à l'issue de leur entretien ; et l'un des policiers chargés de « loger » le militant du FIS arrivait maintenant pour leur annoncer que leur gibier venait de trépasser brutalement.

C'était l'une des règles de l'univers implacable du renseignement : l'espérance de vie des personnes que l'on y côtoyait n'obéissait pas aux normes rationnelles édictées par le milieu médical. Le Commissaire Jean se précipita à la suite de l'Officier. André Ormus, quant à lui, n'eut pas envie d'aller contempler ce cadavre supplémentaire car il avait déjà compris la portée de ce nouvel avertissement : le jeu de quilles avait bien commencé, et ils étaient en plein dedans ; comme aurait dit Gainsbourg s'il avait été un service de renseignement : « Sorry Angel »...

CONVERSATION PERSANE

Confortablement installé dans son bureau, les pieds posés sur sa table de travail, André Ormus feuilletait une brochure du Centre de Formation du Ministère de l'Intérieur, consacrée à l'Islam ; celle-ci était éminemment instructive et l'agent de la DST se reprochait presque de ne pas l'avoir lue plus tôt ; c'était l'un des défauts majeurs des policiers sur le terrain ; ils avaient tendance à négliger la documentation que leurs collègues issus des Instituts d'Études Politiques avaient pris le soin de rédiger.

Le téléphone sonna ; André Ormus décrocha et entendit la voix de son meilleur ami, médecin à Toulouse :

– Salut, vieille branche ! En forme ?

– Oui, je vais mieux que la ville de Sarajevo.

– La guerre en Europe ! Quelle régression... Pour une fois, tu devrais m'écouter.

André Ormus sentit que son ami allait encore lui proposer une installation aux États-Unis.

– Mais je suis tout ouïe, Docteur.

– Et bien, je me suis renseigné : nous pourrions partir pour l'Amérique et travailler ensemble.

– Mais Georges Bush n'est plus le Président.

– Oui, maintenant c'est Bill Clinton ; tu es vraiment remarquablement informé... Écoute, je suis sérieux : nous allons là-bas et nous gagnons le maximum d'argent.

– Tu sais bien que le milieu aristocratique dont je suis issu ne fonctionne pas sur des critères financiers.

– Dois-je éclater de rire ?

– Bon, nous en rediscuterons. J'ai une question à te poser : quelle est la différence entre un Syrien et un Iranien ?

– Facile : les Syriens sont des Arabes et les Iraniens des Perses.

– Félicitations ! Tu as gagné une invitation au restaurant ; je viens justement de dénicher une excellente adresse pour la bouillabaisse, aussi bonne qu'à Marseille.

– Volontiers. Ce soir à vingt heures ?

– Non, je te rappelle dans quelques jours, le temps de terminer un dossier.

– ... un dossier sur la Syrie et l'Iran.

– Je ne peux rien te cacher.

André Ormus raccrocha en souriant puis reprit la brochure et chercha le chapitre consacré à l'Islam ; en effet, il avait rendez-vous tout à l'heure avec un agent iranien et attendait beaucoup de cette rencontre, qu'il devait à l'efficacité de la fidèle Djamila.

L'Iran, par conséquent : le policier retint de sa lecture deux caractéristiques essentielles, qui étaient la Révolution chiite et la prise du pouvoir par les ayatollahs, puis la longue et épuisante guerre contre l'Irak au nom de l'Islam ; les religieux iraniens se considéraient comme les dépositaires du dogme théologique et avaient pour objectif la création d'un État islamique qui réunirait Arabes, Perses et turcs. André Ormus était fixé sur les intentions des commanditaires de son prochain interlocuteur, qu'il était temps d'aller voir.

L'agent de la DST se rendit tout d'abord au garage Peugeot de l'avenue des États-Unis, où il prit livraison d'un modèle de la gamme 306 ; il s'agissait de la jolie voiture qu'il avait l'intention d'offrir à Djamila, en remplacement de son véhicule incendié.

Tout avait été réglé par son Service, il n'avait qu'à signer le bon et à se mettre au volant ; après avoir salué le vendeur, il se dirigea vers l'allée de

Barcelone afin de récupérer la jeune Algérienne. Lorsqu'elle le vit, elle l'embrasse deux fois : d'abord pour lui dire bonjour, ensuite parce qu'elle était heureuse de recevoir sa nouvelle voiture ; elle lui dit :

– Tu tiens tes promesses, c'est parfait. Et bien, moi aussi : je t'ai obtenu un rendez-vous avec Saïd, qui est officiellement un agent commercial d'une société d'import-export iranienne ; en réalité, je pense que ses activités entrent dans la catégorie qui t'intéresse.

– Formidable ! Et quand devons-nous rencontrer le dénommé Saïd ?

– Tout de suite. Je prends le volant !

La rencontre était prévue dans un café de la rue Tolosane, quartier paisible du vieux Toulouse ; Djamila déposa André Ormus à proximité puis le laissa en lui expliquant qu'en raison des instructions de Saïd, elle ne pouvait pas assister à leur entretien. L'agent de la DST se dirigea alors seul vers le café ; en arrivant dans son périmètre, il remarqua des personnes qui avaient tout l'air d'être, selon l'expression d'argot policier, des « choufs », chargés de surveiller les allées et venues pour le compte de leur chef ; ces mesures de sécurité laissaient imaginer à André Ormus que

Saïd avait une certaine importance dans le milieu du renseignement iranien.

Pour sa part, André Ormus travaillait cette fois-ci en solo ; et quelque part, il était gêné par la présence pesante de ces agents de renseignement : il avait connu Toulouse lorsqu'elle n'était qu'une grosse bourgade méridionale qui, sous l'égide de Clémence Isaure, vivait tranquillement au rythme de la Garonne. Et puis, pour les villes comme pour les hommes, la roue tournait : Toulouse s'était modernisée, les littératures avaient cédé du terrain aux scientifiques, dont les secrets étaient d'un autre genre – qui intéressait des gens comme Saïd – ; il ne restait plus que quelques poètes vaguement ridicules, vaguement pitoyables : assis sur des bancs du quai de Tounis, ils égrenaient dans une solitude de plus en plus pesante leurs rimes futiles.

André Ormus pénétra dans le café ; Djamila lui avait dit qu'il reconnaîtrait son contact au fait qu'il serait en train de lire le journal *Libération* ; le policier s'avança vers lui et s'installa à sa table ; ils commandèrent des boissons puis Saïd entama la discussion par cette question abrupte :

– Vous êtes un officier des services français ?

– Et vous un membre des services iraniens ?

– Écoutez, nous n'avons pas de temps à perdre, allons droit au but. Je ne suis pas étonné par notre rencontre, car beaucoup de gens critiquent actuellement mon pays : on nous accuse de financer les organisations islamistes intégristes, d'avoir entamé une course aux armements afin d'obtenir une suprématie militaire régionale, et j'en passe. Tout cela relève d'une campagne soigneusement orchestrée par nos ennemis.

– Oui mais justement, il semblerait que vous ayez beaucoup d'ennemis, ce qui est à la fois un handicap et un signe favorable.

– Je suppose que vous êtes un spécialiste du monde musulman ?

– Pensez ce que vous voulez.

– Tout cela doit se comprendre comme une lutte d'influences avec nos adversaires sunnites, beaucoup plus complexe que ceux qui cherchent à nous diaboliser voudraient le faire croire.

André Ormus eut envie de rétorquer à Saïd qu'eux-mêmes avaient cherché autrefois à diaboliser leurs adversaires américains et occidentaux, mais il se retint : ils n'étaient pas là pour régler des comptes ; il préféra lui dire :

– Entendons-nous bien : je n'ai aucun a priori contre l'Iran, et je connais suffisamment la civilisation persane pour ne pas regarder votre pays avec des yeux fanatiques. Pourtant, il est indéniable que la victoire du Chiisme iranien inquiète beaucoup de monde, et que votre utilisation politique du Coran pose un certain nombre de problèmes.

– L'Iran doit faire face à une crise économique et démographique, et pour ce faire elle fonde son action sur le socle théologique de l'Islam, voilà tout ; tout le reste est du mauvais fantasme. La France a fait la Révolution elle aussi ; et toutes les périodes révolutionnaires connaissent des étapes, vous le savez aussi bien que moi. Actuellement, l'époque de la Terreur est terminée, si je peux oser cette comparaison, et nombreux sont les Iraniens exilés qui rentrent au pays car ils ont compris que nous avions entamé l'ère des réformes. Voilà la vérité.

– Passe-moi la casse, je te passerai le séné.

– Je ne comprends pas.

– C'est un vieux proverbe, peu usité de nos jours. Bien, je vais vous laisser.

– Au revoir, Monsieur, Avant que nous nous quittions, permettez-moi de vous citer ce proverbe oriental : « La musique sans ornements est comme une fleur sans parfum ».

– C'est-à-dire ?

– La guerre de l'ombre a besoin de chevaliers pour ne pas sombrer dans la barbarie.

Sur ces belles paroles, les agents secrets se serrèrent la main puis André Ormus sortit du café et marcha vers la rue Ozenne, où il avait garé sa voiture ; il avait maintenant l'intention de filocher Saïd : on pouvait trouver ce procédé peu élégant, mais les règles de bienséances étaient une chose, l'efficacité en était un autre.

Le policier regardait les Toulousains déambuler ; il aperçut une jolie fille, sans doute étudiante, qui serrait contre sa poitrine un petit cartable ; immobile, elle attendait le bus et semblait perdue dans ses pensées ; à quoi rêvait-elle ? Certainement pas aux Chiites et aux Sunnites... imaginons le dialogue suivant :

– Pardon, Mademoiselle : savez-vous que la secte alaouite qui dirige la Syrie est issue du Chiisme ?

– Monsieur, passez votre chemin : ma mère m'a défendu de parler aux gens qui n'étaient pas sunnites.

– Mais enfin, vous avez un cœur, tout de même !

– Monsieur, n'insistez pas où j'appelle mon petit frère, qui est un ami personnel de l'Imam.

– Mais enfin, Mademoiselle, vous êtes belle. Vous comprenez ce que je vous dis ? VOUS ÊTES BELLE !

En fait, André Ormus n'avait pas le temps de discuter s'il ne voulait pas manquer le départ de Saïd ; il avait mal garé sa voiture et arriva juste au moment où deux gardiens de la paix s'apprêtaient à le verbaliser ; heureusement, il connaissait l'un d'entre eux, un Antillais jovial qui lui demanda simplement d'être un peu plus attentif aux règles de stationnement car ils avaient reçu des instructions fermes du directeur départemental de la Police Urbaine. L'anecdote était révélatrice de la douceur de vivre toulousaine : un agent secret en opération s'entendait dire aimablement par l'un de ses collègues Gardiens de la Paix de faire un peu plus attention quand il garait son véhicule...
André Ormus alluma l'autoradio, qui lui lança un classique des Rolling Stones, puis il revint vers la

rue Tolosane ; si Saïd avait reçu la formation traditionnelle des agents de renseignement, il avait dû patienter quelque temps avant de quitter le café ; dans le cas contraire, cette filature improvisée tournerait court.

Le raisonnement de l'agent de la DST était bon : à peine était-il arrivé en vue du troquet qu'il aperçut son interlocuteur partant à pied dans la rue Mage ; cette dernière, très étroite, ne facilitait pas la poursuite en voiture d'un piéton, et André Ormus se demandait si Saïd, qui était un professionnel, n'allait pas rapidement le repérer, mais l'iranien semblait pressé et ne se méfiait apparemment pas ; en outre, dès qu'il parvint à la rue du Languedoc, il s'approcha d'une voiture au volant de laquelle quelqu'un l'attendait.

André Ormus ne regretta alors vraiment pas d'avoir suivi Saïd car il reconnut aussitôt cette voiture : il s'agissait tout simplement de la BMW des meurtriers d'Ahmed. Le policier se retint de crier « eurêka ! » ; en effet, quelque chose lui disait que cette filature n'était pas terminée et qu'il avait tout intérêt à « tracer » derrière Saïd, ce passionnant persan.

TRAFIC A LEIPZIG

L'Europe des polices fonctionnait bien : la filature de Saïd avait amené André Ormus directement à l'aérogare de Toulouse-Blagnac, où ses collègues de la Police de l'Air et des Frontières lui avaient procuré immédiatement un billet d'avion pour Leipzig, via Paris, destination de l'iranien. Ce dernier semblait tout à fait décontracté et ne réalisait pas qu'il était suivi par un agent de la DST.

Une fois arrivé à Leipzig après un vol sans histoire, André Ormus fut accueilli par un collègue des services de renseignement allemands, qui était déjà parfaitement au courant de l'objet de sa venue dans la deuxième ville de l'ex-république démocratique allemande. Le policier germain, Günter, le fit monter dans sa voiture et ils commencèrent à suivre Saïd, qui avait pris un taxi ; ils roulaient dans la ville aux larges avenues, dont les façades des habitations révélaient une pierre crasseuse corrodée par la pollution des usines chimiques. André Ormus ne discutait pas trop avec Günter, hormis quelques commentaires sur la filature qu'ils étaient en train d'effectuer ; comme tous les Français, il avait remarqué que le Président François Mitterrand cultivait l'amitié franco-allemande, et cette démarche semblait tout à fait intelligente et raisonnable dans une perspective européenne ; il restait pourtant cette inquiétude latente à l'égard du peuple allemand, héritage de la barbarie nazie ; il était vrai aussi que l'on avait pu voir des milliers de citoyens allemands défiler, une bougie à la main, pour affirmer solennellement qu'ils n'admettraient plus jamais le racisme ni l'antisémitisme.

Bref, C'était à tout cela qu'André Ormus pensait alors qu'il interrogeait Günter sur la destination supposée de Saïd.

Günter lui répondit qu'il ne possédait aucune information précise qui expliquait la venue de l'iranien en Allemagne, si ce n'était une note d'attention émanant de la CIA ; il sortit de sa poche un papier qu'il tendit au policier français ; celui-ci lut attentivement le document des services américains, qui révélait que Téhéran cherchait actuellement à obtenir des transferts technologiques dans le domaine nucléaire, et multipliait dans ce sens les contacts en Europe, en Russie et au Japon ; la finalité de ces manœuvres, outre un renforcement du potentiel militaire de l'État persan, aurait été la mise d'un engin de longue portée, susceptible notamment d'atteindre Israël...

Ils dépassaient maintenant un tramway de couleur crème, qui leur cachait la vue du taxi de l'Iranien ; ce dernier s'arrêta peu après devant une agence de location de voitures, dans laquelle entra Saïd. Quelques instants plus tard, les agents secrets virent l'Iranien ressortir et s'installer au volant d'une Opel ; apparemment, la chasse n'était pas terminée. Günter passa un message par la radio de son véhicule banalisé et demanda que son Service envoyât quelqu'un à l'agence de location pour prendre les renseignements qu'avait donnés Saïd en louant cette voiture ; puis ils repartirent derrière l'Opel, qui se dirigeait vers la banlieue de Leipzig.

Günter dit à André Ormus qu'il commençait à avoir une idée plus précise des intentions de Saïd ; en effet, la semaine précédente avait débarqué dans la ville allemande un agent des services anglais qui, comme le Français, pistait un iranien ; et celui-ci était entré en contact, par l'intermédiaire d'un ressortissant cubain installé depuis des années à Leipzig, avec des émissaires de deux Républiques de l'ex-URSS, le Tadjikistan et le Kazakhstan ; l'entrevue avait pour objet la négociation d'ogives de missiles nucléaires... La grande braderie de l'armement de l'ancien empire soviétique avait commencé, et les pays comme l'Iran essayaient d'en récupérer les miettes afin de bâtir leur nouvelle puissance.

L'Officier anglais et ses homologues allemands avaient décidé de ne pas intervenir et de laisser la transaction, car ils voulaient remonter la filière qui écoulait à bas prix les armes sophistiquées de l'Armée rouge ; de toute façon, les ogives n'avaient pas encore été livrées à Téhéran et ne représentaient qu'une infime partie du vaste trafic que l'Iran tentait d'orchestrer à son profit. Les Allemands avaient cependant placé sous surveillance le Cubain de Leipzig, qui était probablement un agent dormant du KGB mis en place au moment où l'Allemagne de l'Est était encore sous contrôle soviétique, et qui avait été réactivé afin de faciliter ces échanges commerciaux d'un genre un peu particulier.

Face à toutes ces informations que lui livrait Günter, André Ormus repensa aux propos lénifiants tenus par Saïd à Toulouse ; tout cela mériterait un sain et tonitruant éclat de rire s'il n'était question d'armes nucléaires, et de la sécurité de millions de personnes. Entre un clochard de Tel Aviv et un mostaz'fin (un humilié, un défavorisé) de Téhéran, quelle était la différence ?

La misère était la même, et ce n'était pas parce que leurs Gouvernements auraient plus ou moins de bombinettes atomiques que la situation s'améliorerait.

Günter et André arrivaient maintenant dans une rue de la banlieue résidentielle de Leipzig ; la circulation avait nettement diminué et ils avaient laissé Saïd prendre un peu d'avance pour qu'il ne les repérât point ; ils savaient de toute façon que l'Iranien se rendait chez le Latino-Américain. Günter passa un nouveau message radio afin de prévenir de leur arrivée ses collègues qui surveillaient le domicile du Cubain.

Comme prévu, ils virent Saïd entrer dans la villa ; ils se garèrent à proximité et attendirent la suite des événements. André Ormus remarqua qu'était stationnée une camionnette à l'intérieur de laquelle se trouvaient probablement des policiers allemands munis d'appareils photographiques : le portrait de l'Iranien allait enrichir les dossiers des services d'outre-Rhin...

L'agent de la DST discuta avec Günter ; ce dernier lui expliqua que sa ville de Leipzig, comme beaucoup d'autres cités allemandes, devait faire face aux agressions virulentes de la pollution des pluies acides ; triste paradoxe, le nom de Leipzig signifiait « Lieu sous les tilleuls » ; mais la végétation était rongée par les émanations chimiques des usines qui exploitaient les gisements de lignite, conséquence d'une exploitation industrielle stakhanoviste dont l'équilibre écologique de la région mettrait des années à se remettre.

Ils interrompirent ce constat désolant de la dégradation de l'environnement car ils aperçurent Saïd et le Cubain qui ressortaient de la maison et montaient à bord de l'Opel.

Günter demanda des renforts par radio puis ils reprirent leur filature ; il semblait qu'ils retournaient vers le centre de Leipzig ; mais arrivèrent deux autres véhicules des services allemands, qui prirent le relais ; Günter avait décidé en effet de décrocher afin de ne pas donner l'éveil à ceux qu'ils poursuivaient.

Ils n'avaient plus qu'à patienter jusqu'à ce que les collègues de Günter leur donnent des résultats de cette nouvelle opération irano-cubaine. André Ormus se sentait un peu frustré car il aurait préféré constater lui-même la raison de la venue de Saïd à Leipzig ; mais après tout, ils se trouvaient sur le territoire allemand. Le policier français fut vite réconforté car Günter l'invita à déjeuner ; il lui proposa d'aller manger une choucroute ce qui n'était guère original mais inévitable ; l'Allemand fut surpris, voire déçu, qu'André Ormus ne but pas de bière, et commanda alors une bouteille d'un excellent vin de Bordeaux ; puis ils entamèrent leurs agapes. En bon professionnel, son hôte posait à André Ormus des questions pour connaître le point de vue de la DST sur ces trafics internationaux, dont cherchaient à profiter certains pays du Golfe Persique depuis la chute de l'empire soviétique ; mais André Ormus resta évidemment très évasif et leur conversation s'orienta ensuite vers la littérature ; le Français dit qu'il avait lu Günter Grass et l'Allemand lui conseilla de s'intéresser à Bertolt Brecht.

Arriva alors un collègue de Günter qui lui fit un compte rendu de la surveillance : le scénario était le même que celui qu'avait connu le collègue anglais la semaine précédente, à une nuance près : Saïd n'avait pas rencontré des envoyés d'Europe de l'Est, mais un émissaire de l'honorable Chine populaire.

Manger une choucroute à Leipzig en compagnie d'un agent secret allemand, et apprendre au dessert qu'un Chinois était en train de vendre à un Iranien une bombe atomique ne gênait pas particulièrement André Ormus, il y avait longtemps que son métier lui avait appris à ne plus s'étonner de rien ; à vrai dire, ce qui le tracassait maintenant, c'était qu'il n'avait toujours pas trouvé le moyen de convaincre un mollah persan des dangers du fanatisme religieux.

L'information qu'il attendait était arrivée, et lui, il allait partir : la mission que lui avait confiée Nelly n'était pas encore terminée ; et puis Toulouse lui manquait.

AU BOUT DU COMPTE

Au bout du compte, André Ormus connaissait mieux l'Islam, et il trouvait que l'Islamisme représentait un danger réel, certes, mais un danger limité.

Au bout du compte, que pouvait apporter ce genre de mission à un fonctionnaire bien noté des services de renseignement du Ministère de l'Intérieur ?

Au bout du compte, les religions se ressemblaient toutes et même il était possible de dire que, vues par un agent de l'État comme André Ormus, malgré tout le respect qu'il leur devait, elles lui avaient fait perdre du temps.

Allons, André se laissait aller, alors qu'il était en train d'arriver à Toulouse. Après tout, au terme de ses investigations, il était en mesure d'affirmer :

– que les Iraniens aimaient beaucoup les BMW, et qu'ils avaient peut-être tendance à s'en servir pour emmener les informateurs de la police dans le quartier du Mirail ; certes, l'agent de la DST n'avait pas de preuves mais dans le cadre des enquêtes que lui confiait Nelly, ce n'était pas nécessaire ; cela étant, il aurait été abusif de faire du pouvoir iranien l'unique patron d'une inexistante nébuleuse islamique internationale qui irait du

131

Tadjikistan au Soudan en passant par la Turquie ; il n'y avait qu'à songer par exemple à la générosité financière libyenne pour les islamistes algériens.

– que les jeunes issus de l'immigration se chauffaient la tête avec des discours religieux et qu'il allait être nécessaire de leur trouver des bonnes idées, en commençant par leur expliquer que tout le monde ne les regardait pas comme des ennemis potentiels ; sinon les réseaux associatifs qui s'occupaient des banlieues auraient une regrettable tendance à confondre Islam et Islamisme.

– que ce même Islam transformé en Islamisme était en réalité un bon créneau idéologique et politique que cherchait à s'approprier la même frange de petits chefs des groupuscules comme le FIS ou Ennahda.

– qu'il n'existait pas de jonction véritable et d'envergure entre l'Islam laïc pratiqué dans les pays européens et la majorité des pays arabes, et l'islamisme, idéologique extrémiste toujours marginale.

– que si, pour sa prochaine mission, Nelly l'envoyait chez les catholiques, André Ormus demanderait sa mutation.

Bon, OK, le policier avait à peu près les termes du dossier qu'il allait expédier à sa collègue parisienne. Maintenant, il repensait aux personnes qu'il avait rencontrées dans cette enquête ; il les aimait bien, ces gens qui apparaissaient lors de ses missions, ses doubles momentanés, ses compagnons de route, ses nouveaux amis et ses nouvelles amies. Car tout de même, il connaissait maintenant : Hélène la journaliste, Simon l'officier israélien, Djamila, Abdelhadi et Hacem, l'équipe algérienne, Djamila surtout, la jolie Djamila, Khaled et l'imam, la belle Marlène, le Commissaire Jean et sa Section Recherche, Saïd le voyageur et Günter qui le filochait... La voilà, la population qui gravitait autour de la montée de l'intégrisme musulman, pour reprendre l'expression de Nelly. André Ormus en avait peut-être oublié quelques-uns, et il n'avait certainement pas vu tout le monde ; mais il était indéniable qu'il ne s'était pas ennuyé. Avait-il fait progresser les choses ? C'était un autre problème, et ce n'était pas à lui de trancher ; André Ormus se contentait d'aller et de venir au cœur du problème, et il était content de trouver la solution.

On n'avait plus peur de ce que l'on connaissait ; le tout était de trouver quelqu'un qui voulût bien expliquer... ou voir et comprendre, comme l'avait affirmé Abdelhadi. Veni, Vidi, Vici, était-ce cela le travail des agents de renseignement ? C'était une bonne question, et André Ormus remerciait celui ou celle qui l'avait posée ; mais avait-il fait la guerre, et par conséquent quelle victoire pouvait-il attendre ? Sans vouloir être trop sentencieux, parce que tout cela, au bout du compte, ne restait qu'un jeu – de rôles, d'échecs, de piste – la victoire, si victoire il y avait, était que l'Islam gagnait à être connu.

André Ormus pensait par là que connaissant mieux l'Islam, ses quelques principes fondamentaux et sa vision du monde, ou plutôt de la société, il serait peut-être possible de mieux combattre l'Islamisme et son agressivité militante, ses excès. Celui qui ricanerait et parlerait d'utopie n'aurait qu'à proposer autre chose ; et André Ormus savait déjà qu'il ne saurait trouver, au terme de son intéressante réflexion contradictoire, que la violence. Alors, que faire ?

Et pourquoi l'Islamisme ne représentait-il qu'un danger limité ? Regardez les journaux, les articles alarmistes, les attentats. Et ces barbus à l'air méchant, ces foules en colère, ces femmes voilées ; et ces bombes atomiques chinoises achetées par des Iraniens, pourquoi faire ? Pour nous les envoyer sur la tête, pour détruire la Tour Eiffel et

la Pyramide du Louvre après celles du Caire.
APOCALYPSE !

Mais non.

Cette hôtesse de l'air était vraiment jolie.

Le voyage était terminé, André Ormus se trouvait à Toulouse. En raison de la couleur du ciel et de la douceur de l'air, il pensa que sa ville devait être joyeuse sous le soleil, et que sans aucun doute les Toulousaines se promenaient vêtues de belles robes légères.

La porte vola en éclats. Le blindage n'avait pas résisté à l'explosif. On entendit crier :

– 22 ! Les flics.

Effectivement, c'étaient les flics. Plus précisément les hommes de la Section Recherche, épaulés par une équipe de la Police Judiciaire et le RAID.

La porte n'avait pas été entièrement déchiquetée par l'explosion ; un Inspecteur donna un grand coup de pied dans le bout de bois qui pendait lamentablement du chambranle et gênait encore le passage. Au même moment était tiré de l'intérieur de l'appartement un coup de feu, le premier d'un échange qui allait durer exactement un quart d'heure. Les occupants du logement résistèrent et par leurs tirs empêchèrent les policiers d'entrer, jusqu'à ce que l'un de ces derniers décidât qu'une grenade serait peut-être plus efficace ; cette interpellation avait commencé par une explosion, autant poursuivre dans le même registre.

La grenade éclata ; elle sembla avoir de l'effet puisque les tirs qui venaient de l'intérieur diminuèrent nettement d'intensité et que l'on put entendre quelques cris de douleur. L'inspecteur demanda au Commissaire Jean, chef du dispositif, s'il jugeait utile d'envoyer une seconde grenade ; le Commissaire refusa : il ne fallait tout de même pas que l'arrestation de ces militants islamistes tournât à la guerre de tranchées.

Non, le Commissaire Jean avait tout simplement envie que cette opération se terminât rapidement, et les Officiers qui l'accompagnaient partageaient tout à fait son avis ; C'était pourquoi, lorsque le Commissaire donna le signal convenu, ce fut la ruée à l'intérieur de l'appartement.

Évidemment, il y eut de la casse : trois policiers blessés, dont un grièvement ; en face, C'était encore pire. Mais les comptes allaient être faits plus tard ; dans l'immédiat, les membres du groupe terroriste que le RAID, la SR et la PJ venaient d'interpeller furent orientés dans trois directions différentes : l'Hôtel de Police, l'Hôpital et la morgue.

Quand les policiers sortirent de l'immeuble, ils virent naturellement les curieux qui commençaient à s'attrouper et cherchaient à savoir ce qui s'était passé ; mais ils étaient tenus à distance par un cordon de CRS ; il était vrai que les opérations de Police étaient rarement aussi violentes à Toulouse. Il y avait un début à tout.

Au moment où les militants islamistes étaient embarqués dans le camion cellulaire, quelques jeunes excités présents dans la foule jetèrent des cailloux vers les forces de l'ordre ; mais dans l'ensemble, la situation était calme et le Commissaire pouvait féliciter les membres de son équipe pour cette arrestation réussie.

Quant aux cow-boys de la Section Recherche, ils retournèrent à leur section après cette brève et exceptionnelle incursion dans le spectaculaire policier ; hommes de l'ombre, ils participaient rarement à ce type d'actions d'éclat mais à voir leurs visages, on constatait qu'ils avaient l'air ravi et prêts à recommencer l'expérience.

André Ormus aperçut soudain dans la foule venue aux nouvelles quelqu'un qu'il connaissait : il s'agissait de Khaled, l'Imam présenté par Djamila, et qui lui avait dressé un tableau scolastique de l'Islam. Khaled semblait triste ; le policier s'approcha et fut apostrophé par l'Imam :

– Pourquoi cette violence, Monsieur Ormus ?

– Elle fait partie du plan. Et il s'agissait de terroristes.

– Mais nous avions convenu d'une autre méthode.

– Ce n'est pas fini.

– C'est mal parti.

– Faites-moi confiance.

André Ormus quitta Khaled et regagna son bureau où il n'avait pas encore eu le temps de passer depuis son retour d'Allemagne ; en effet, il avait à peine débarqué de son avion que le Commissaire Jean le faisait récupérer à l'aéroport de Blagnac par l'un de ses Officiers. La Section Recherche n'avait pas chômé pendant les tribulations d'André au pays de Goethe : stimulés par l'assassinat du jeune militant du FIS qui était venu leur « balancer » un trafic de stups, le Commissaire et ses troupes s'étaient déchaînés et avaient réussi à « loger » un groupuscule ultra-radical, doté d'un armement lourd et d'un matériel de propagande sophistiqué ; ces militants islamiques avaient choisi de s'installer à Toulouse, pensant que l'appareil policier y serait moins performant. Les auditions faites par la Police Judiciaire devaient révéler un peu plus tard que ce groupe avait pour mission de coordonner l'ensemble des réseaux intégristes du sud de la France et du nord de l'Espagne ; ils avaient également l'intention de s'assurer le contrôle du trafic de drogue dans la région – source à la fois de financement, de renseignement, et réservoir de militants potentiels – ; c'était pourquoi ils avaient eu l'idée de dénoncer à la police les revendeurs non politisés qui étaient déjà en place avant leur arrivée à Toulouse.

Malheureusement pour eux, ils avaient commis l'erreur d'en parler à la Section Recherche, spécialiste du démontage des coups tordus...

André Ormus arriva devant l'immeuble où était installé son bureau de « détective privé » et ouvrit sa boîte aux lettres ; il y trouva un courrier de sa compagnie d'assurances, qui lui demandait de passer un entretien relatif aux tôles froissées de sa Citroën ; afin de se changer les idées, André Ormus décida de se rendre immédiatement dans les locaux de la société d'assurances.

Il fut reçu par un individu légèrement bedonnant qui lui expliqua pourquoi il ne pouvait pas prendre en charge son sinistre automobile ; en outre, l'employé ne comprenait pas comment un détective privé, profession libérale, pouvait être assuré par cette compagnie mutualiste. André Ormus contempla son interlocuteur d'un air un peu las et à la limite, trouvait profondément injuste le contraste entre sa participation à l'opération policière de tout à l'heure et l'entretien stérile avec l'employé obtus de cette compagnie d'assurances.

Heureusement surgit le responsable de son dossier, qui était parfaitement au courant des risques particuliers qu'encouraient les véhicules conduits par l'agent de la DST ; ce dernier put alors quitter les locaux de la société d'assurances et aller prendre un verre à la terrasse d'un café.

Une fois attablé, il savoura ses retrouvailles avec Toulouse qu'il n'aimait pas quitter trop longtemps – sentiment partagé par tous les habitants de la ville –. La première des jolies Toulousaines qu'il vit passer était brune ; mais oubliant un peu ses réflexes professionnels, il décida de n'y relever aucun signe, et se contenta de sourire à cette charmante inconnue.

FUITES

André Ormus lut l'article d'Hélène dans *la Dépêche du Midi* qui relatait les premières conclusions de l'enquête diligentée par l'Inspection Générale de la Police, chargée de la discipline interne au Ministère de l'Intérieur : auraient été mises à jour des fuites en provenances de services de police, au profit de milieux d'extrême-droite. Ces fuites consistaient en des informations policières sur les réseaux islamistes du FIS, utilisées afin de créer des tensions dans les milieux maghrébins.

L'enquête de l'Inspection générale de la Police allait maintenant s'attacher à vérifier si cette manipulation avait simplement pour but de semer la discorde dans les rangs islamistes, ou si étaient également prévues des opérations violentes ; la journaliste évoquait ainsi le meurtre d'Ahmed, ainsi que celui du militant du FIS que le Commissaire Jean avait voulu recruter comme informateur.

L'article de *la Dépêche* n'était pas exhaustif et pour connaître toute la vérité, André Ormus devait compléter les informations du journal parce qu'il avait pu apprendre lors de son enquête ; en tout cas, une chose était certaine : la disquette informatique qu'il avait envoyée à Paris avait été utilisée. Pourtant, l'essentiel n'était pas là, et l'agent de la DST repensa une fois encore au conseil d'Abdelhadi : voir et comprendre. Exactement le contraire de ce qui se passait, les forces en présence étaient en train de mener ; alors, encore un effort : contre la violence, la raison.

LES VALEURS LAÏQUES

André Ormus remit ses chaussures après avoir visité la Mosquée où Khaled officiait tous les vendredis ; celle-ci n'avait rien à voir avec une synagogue, un temple ou une église et ressemblait plus à un modeste local associatif qu'à un lieu de culte ; C'était pourtant là que chaque semaine, plusieurs dizaines de Musulmans se réunissaient et cultivaient une ferveur religieuse, substitut d'espoirs déçus.

André Ormus avait apporté à Khaled un livre, intitulé « les idéologies » ; dirigé par François Châtelet, cet ouvrage comportait un chapitre écrit par Mohammed-Allal Sinaceur, qui était consacré spécifiquement à « l'idéologie de l'Islam » et expliquait en particulier la tentation universaliste de cette religion ; le policier avait souligné au crayon à papier une phrase : « Islam signifie : soumission à Dieu ; nul pouvoir ne peut donc se légitimer que par la foi en lui » : affirmation explicite et inquiétante aux yeux des Occidentaux ; Khaled sourit en lisant la ligne qu'André Ormus avait placée en exergue, puis dit :

– Effectivement, nombre de gens fondent leurs craintes sur cette confusion du religieux et du politique que l'on observe chez les Islamistes ; mais franchement, Monsieur Ormus, est-ce l'apanage de l'Islam ? Ne trouve-t-on pas la même tentation ailleurs, par exemple chez les Chrétiens ? Autrement dit, n'est-on pas plus au moins laïc selon la religion dont il est question ? Un racisme, toujours aussi primaire, mais plus subtil, ne serait-il pas enclin à utiliser ce biais de l'athéisme pour dénoncer les Musulmans, plus précisément les Arabes ?

– Je ne suis pas dupe de l'ambiguïté des discours, mon Cher Khaled. Mais si je suis venu vous voir, c'est justement pour éviter que les fanatiques de tous bords ne s'approprient ces notions et ne conduisent tout le monde à des conflits destructeurs, au nom de leurs dogmes respectifs ; moi, je n'ai aucun dogme, et je respecte le rabbin, le pasteur, l'imam, le curé, et leurs ouailles ; mais je pense fondamentalement que la religion est une affaire privée, qu'elle ne concerne ni le citoyen ni la société civile.

– Bref, vous êtes le parfait Républicain, Monsieur Ormus !

– Ce n'est pas moi qui compte, Khaled, pas plus que vous n'incarnez la religion musulmane ; je ne suis pas non plus un apôtre de l'évangélisation républicaine, je cherche à comprendre.

– J'entends bien, Monsieur Ormus, et votre démarche a du mérite, surtout de nos jours ; il est vrai aussi qu'à nous deux nous ne trouverons pas les réponses nécessaires ; c'est pourquoi je trouve excellente l'initiative du colloque où nous sommes maintenant invités, nous, les Imams de la Ville Rose – je le dis sans ironie –.

Le colloque que venait d'évoquer Khaled, organisé par un syndicat enseignant, s'intitulait : « XXIe siècle : Laïc ou fanatique ? », et avait justement pour thème une réflexion sur la place contemporaine des idéologies religieuses dans une société républicaine ; plus qu'une sempiternelle discussion théorique, cette réunion avait l'ambition d'actualiser le fameux « creuset républicain » symbolisé par l'école laïque et obligatoire de Jules Ferry, en tenant compte du paradoxe qui voyait un retour relatif des religions dans une société athée.

Ayant appris la tenue de ce colloque, André Ormus avait proposé par l'intermédiaire de Khaled que les Imams toulousains y participassent, afin de faire valoir leur point de vue. Ces derniers, conscients du risque d'isolement de la communauté musulmane, avaient répondu favorablement à cette invitation.

Khaled et André Ormus rejoignirent le centre-ville, où se tenait la réunion. En arrivant, l'agent de la DST constata que tous les Imams contactés par ses soins étaient venus, ce qui lui fit plaisir ; il s'installa au fond de la salle et laissa les participants.

Au début, tout le monde était un peu crispé ; puis, peu à peu, le dialogue s'installa : les uns rappelaient les principes laïques de l'égalité des droits et des religions, de la liberté de conscience, des libertés individuelles et de l'égalité entre les hommes et les femmes, du caractère privé de la pratique religieuse... Les autres dénonçaient l'isolement des populations, les insuffisances de l'intégration dans la société de consommation par la seule valorisation de l'argent, le besoin de spiritualité et de moralité exprimé par des communautés défavorisées et marginalisées... André Ormus entendit parler de représentation déficiente des citoyens, de sens de l'intérêt général, de refus du prosélytisme religieux, de la confusion volontaire des Églises entre la morale religieuse et la morale républicaine – la première cherchant à se substituer hypocritement à la seconde, comme si notre société n'était pas fondée sur le respect de l'autre et la solidarité de la protection sociale –... Et puis arrivait en écho la colère contre la montée du racisme, résultat d'une peur aveugle et brutale qui refusait de comprendre ce qu'était l'Islam et qui confondait, comme l'avait fait remarquer Khaled, Musulmans et Arabes, dans un facile et simplificateur tour de passe-passe ; le résultant étant que les convictions religieuses des Musulmans étaient bafouées, ridiculisées, et que les Maghrébins étaient réduits à une image dévaluée qui portait un nom : ghetto. Ghetto social, idéologique, moral, ghetto où fermentait la violence.

Fusa une citation d'Ernest Renan : « Le théologien a un intérêt, c'est son dogme. » ; puis quelqu'un évoqua la puissance de l'État Républicain, malmenée par la décentralisation, la construction de l'Europe, l'interdépendance économique mondiale ; il y avait même un militant du Parti Communiste qui parla de Mikhaïl Gorbatchev, et puis aussi un Libanais qui rappela comment un pays pouvait être aujourd'hui victime des guerres de religion... Bref, ce débat sur la citoyenneté laïque était bien parti et André Ormus décida de quitter la salle.

Voir et comprendre. Facile à dire.

INTELLECTUEL

– J'ai besoin que vous m'expliquiez, Professeur.

Un léger sourire éclaira le visage du vieil homme, comme si décidément la venue d'un policier des services de renseignement dans son bureau universitaire constituait une sorte de plaisanterie – mais peut-être était-ce un signe des temps –. André Ormus jeta un coup d'œil rapide sur la pièce encombrée de livres et remarqua, posés devant le Professeur, des ouvrages du célèbre orientaliste anglo-saxon Bernard Lewis, dont il avait entendu parler ; mais c'était toujours la même chose : on ne pouvait pas à la fois rendre compte à sa hiérarchie, galoper en Algérie et en Allemagne, et essayer de séduire au passage le maximum de jolies filles, tout en ayant le temps nécessaire pour lire les livres essentiels sur un problème théorique que l'on essayait de comprendre sur le terrain.
Bref, André Ormus n'avait pas lu les textes de Bernard Lewis, et l'on comprenait d'autant mieux son besoin de venir discuter de l'Islam avec l'un des meilleurs spécialistes toulousains de cette question.

– Que voulez-vous savoir, Monsieur l'Inspecteur ? Le nom des maîtresses de mes collègues maghrébins à l'Université ?

André Ormus comprit aussitôt que son service avait encore un gros travail de relations publiques à réaliser en direction des intellectuels ; il ne se découragea point devant cette pique attendue et essaya d'être crédible auprès du professeur :
– Ce que je cherche, Monsieur, c'est une définition intelligente de l'Islam et de l'islamisme.

– Vaste sujet ! Mais qui a déjà été largement étudié. Et je continue à douter que ma vision du sujet puisse utilement éclairer des gens comme vous.

– C'est-à-dire ?

– Et bien, j'estime que la répression stupide et les rafles ne peuvent pas contribuer à établir en Europe un Islam serein, installé tranquillement dans une sphère privée, sous l'égide d'une constitution laïque. Or, il me semble que la police est un instrument répressif par excellence.

– Je trouve votre jugement quelque peu sévère ; à ma connaissance, la police dans ce pays ne torture pas...

– Écoutez, j'ai accepté de vous recevoir, ce n'est pas pour être désagréable, ni pour décourager d'emblée une démarche qui effectivement relève d'une méthode acceptable. Cela étant, permettez-moi ces allusions aux mauvais traitements dont vous êtes capables ; et il existe assez de personnes, malheureusement, pour se souvenir de la rafle du Vel d'Hiv et autres opérations policières aussi monstrueuses. Ma méfiance, ou ma prudence si vous préférez, est légitime.

– Je comprends, Professeur.

– Je n'en doutais pas. Alors, écoutez-moi, Inspecteur ; je ne vais pas vous faire de révélations spectaculaires sur l'Islam ; c'est une religion voilà. Je serais peut-être plus loquace sur l'Islamisme car c'est là que peut intervenir un malentendu, dont les conséquences seraient dramatiques pour les Musulmans, mais aussi pour les Chrétiens, les Juifs et les non-croyants. Mais là encore, je ne serai guère original, dans la mesure où je vous présenterai à peu près le point de vue de Bernard Lewis, dont vous avez remarqué tout à l'heure que j'étais un lecteur assidu. Cet Islamisme correspond à un état de crise, momentané et localisé, de la religion musulmane, c'est un premier point essentiel ; deuxième point, l'islamisme lorsqu'il parvient au pouvoir est incapable de résoudre la crise sociale qui l'a mené au Gouvernement du régime ; et par conséquent, plutôt qu'islamisme, qui n'est qu'un terme idéologique à la mode occidentale, je dirais que les mouvements extrémistes issus de la pratique de l'Islam sont fondamentalistes.

– C'est une question de mots... qui ne changera pas grand-chose à la réalité.

– Vous êtes venu voir un intellectuel, Inspecteur ! Mais vous savez aussi que les mots ont leur importance. Le fondamentalisme est un aspect de la civilisation musulmane, l'islamisme est un terme destiné à faire peur et je ne vois vraiment pas l'intérêt, pour qui que ce soit, de créer des tensions à partir de ce sujet.

– Permettez-moi de vous dire qu'à mon avis, il ne s'agit pas seulement d'un sujet d'étude, mais du mode d'existence de millions de personnes, et de leurs relations avec une bonne partie de la planète.

– On peut le considérer ainsi, c'est exact. Mais prenez l'exemple des pays européens : toute démarche qui s'attaquerait à la pratique musulmane en la considérant comme une globalité fondamentaliste n'aurait pour effet que d'accroître considérablement la xénophobie, dans des proportions insupportables ; et, à mon avis, la situation est déjà suffisamment critique pour ne point en rajouter. Car c'est le troisième point de ma démonstration : l'Islam est une réalité européenne, soit partielle comme en France, soit totale comme en Turquie ; et si tout le monde s'accorde à dire maintenant que la politique d'intégration n'a pas su fonctionner d'une manière satisfaisante, laissant le champ libre aux excès du fondamentalisme, vous conviendrez avec moi qu'il serait vraiment trop facile de réduire l'Islam à l'islamisme. Réfléchissons à nouveau sur l'intégration – sans oublier la coopération Nord-Sud qui concerne aussi l'Afrique Noire –, en tenant compte de tous les facteurs que vous voulez, mais réfléchissons ! Nous n'allons pas revenir au Moyen Âge.

– Je ne pense pas que la situation soit dramatique.

– Elle n'est pas catastrophique, non, vous avez parfaitement raison de le souligner. C'est un défi... Et encore. Le monde a encore évolué, nous n'avons sans doute pas su le prévoir suffisamment, nos moyens ont diminué aussi, les mentalités ne suivent pas la réalité et se crispent... beaucoup d'effets pour une même cause, qui est que l'histoire des hommes continue. Je vais maintenant vous laisser lutter contre la violence, Inspecteur : le terrorisme des bombes et, pourquoi pas, celui des idées !

– Je vous remercie, Professeur.

RACKET

André Ormus quitta l'universitaire pour aller voir Djamila qui lui avait donné rendez-vous devant le Palais des Beaux-Arts ; l'agent secret retrouva avec plaisir les quais de la Garonne, son architecture de pierre et ses arbres paisibles.

Lorsqu'il aperçut la jeune Algérienne, il remarqua aussitôt qu'elle s'était changée pour une tenue élégante et très féminine, ce qui lui fit plaisir ; ils marchèrent un peu le long du fleuve, en n'échangeant que quelques propos bien anodins en comparaison de ce qu'ils avaient vu ensemble lors de cette enquête sur l'islamisme ou, plus précisément, pour tenir compte des propos du Professeur, du fondamentalisme. André Ormus se serait bien imaginé partir quelques jours en vacances avec cette jolie femme sur la cité basque, ou alors en Floride, ou n'importe quel endroit dans le monde où il aurait pu se consacrer exclusivement à elle. Bref, André sentait bien que la mission touchait à sa fin, et que dans peu de temps Djamila disparaîtrait de son existence quotidienne, aussi brusquement qu'elle était apparue. Rien n'interdisait qu'ils se revissent, mais le cours des choses s'y opposerait naturellement, parce qu'André Ormus serait plongé dans une nouvelle mission, et que Djamila continuerait sa vie, où il n'y avait guère de place pour quelqu'un comme le policier de la DST ; il resterait le souvenir d'une réelle et troublante amitié.

Au fond, l'on devrait toujours pouvoir prendre le temps de rencontrer les gens et de discuter un peu car bien souvent l'on s'apercevrait qu'il est toujours possible de trouver un terrain d'entente, de réduire à néant les quiproquos et les malentendus nés de la méconnaissance ou de la mauvaise foi. Djamila était charmante et André ne n'oublierait jamais.

La jeune Algérienne semblait nostalgique comme au moment d'une séparation amoureuse sur le quai d'une gare ; elle s'arrêta, posa son sac sur un banc et en sortit un livre : c'était un recueil de poèmes arabes ; elle l'offrit à André Ormus, qui la remercia en l'embrassant ; puis il ouvrit son cadeau et prit le temps de lire les poètes maghrébins ; c'était écrit en français, mais le style était à l'image de l'écriture arabe, profondément artistique, envolé et éthéré.

André apprécia beaucoup le présent de Djamila, même si celui-ci lui faisait songer à un cadeau offert à l'occasion d'une rupture en bons termes. André Ormus n'était guère sentimental mais devait s'avouer que la jeune Algérienne était très attachante ; il se ressaisit en songeant à Marlène puis demanda à Djamila ce qu'elle pensait de leurs pérégrinations ; la jeune femme répondit :

– Et bien, je pense que tu es un drôle de flic.

– Ah bon ?

– Oui, mais j'aime bien. Et peut-être qu'avec des gens comme toi, il sera possible de résoudre les problèmes et d'éviter la violence inutile.

– Tu sais, je n'ai aucun pouvoir sur la réalité.

– Tu n'en sais rien. Et de toute façon, ton attitude est constructive.

– Merci pour les compliments. Mais ce n'est pas ce que je cherche.

– J'ai bien compris que tu ne cherchais rien et que tu étais libre ; il reste que tu as essayé de comprendre les Musulmans, et que c'est formidable.

– Je suis payé pour le faire.

– Oh, oui ; tu es un grand cynique, j'en suis intimement persuadée... Allons, ne dissimule pas les mérites de ta démarche.

– Est-ce que tout cela a une quelconque utilité ?

– Peut-être que oui, peut-être que non, cela ne dépend pas de nous ; mais nous laisserons une trace.

– Tu es très philosophe, ma chère Djamila.

– Tu trouves ? Tiens, j'avais prévu maintenant de te présenter un commerçant maghrébin du quartier Arnaud-Bernard, qui a longtemps été victime du racket des islamistes ; sais-tu que cela existe ? Oui, bien sûr. Et puis aussi des Musulmans laïcs, qui tentent de scolariser des enfants dont les familles ne s'occupent pas assez, et qui subissent les pressions d'intégristes. Et encore des jeunes victimes du racisme, qui se sentent désemparés et étrangers dans le pays où ils sont nés. Mais je pense que tu as déjà tout compris, André.

– Oui, je pense que j'ai compris. Alors, que faut-il faire ?

– Le temps arrangera tout, comme d'habitude. Les jeunes Arabes se sentent profondément Français, et les résultats de l'intégration ne sont pas aussi négatifs que certains l'affirment ; tout va s'arranger, oui, j'en suis persuadée.

– Alors, l'intégrisme est un faux problème ?

– En quelque sorte, en tout cas ici. Je ne peux pas nier que les Algériens aient une crise grave à résoudre ; pourtant, il n'y a pas lieu d'agiter un épouvantail, tu le sais aussi bien que moi ; c'est un problème réel et dangereux mais qui reste marginal.

– Et bien, nous terminerons sur une note optimiste.

– Oui, nous terminerons ainsi. Je vais te laisser, André.

– Alors, au revoir, Djamila.

– On se sépare comme cela ? Aussi vite, aussi simplement ?

– Je ne t'ai pas dit que nous nous séparions, je t'ai dit : au revoir !

MENACES

André Ormus avait trouvé dans sa boîte aux lettres une note d'information de Nelly, une sorte de mise au point actualisée : la situation en Algérie se dégradait, avec le développement d'une stratégie de la tension par les organisations intégristes, et l'apparition d'un groupe terroriste qui n'était plus seulement la branche armée d'un parti islamiste ; surtout, les fondamentalistes semblaient maintenant vouloir isoler le pouvoir militaire algérien en s'en prenant aux ressortissants et coopérants étrangers installés dans le pays, manière peu élégante mais efficace d'exporter le problème.

Pour terminer, la collègue parisienne d'André Ormus confirmait les objectifs de la mission, ce qui fit sourire l'agent de la DST : si un jour un archiviste retrouvait ces ordres de mission, il s'interrogerait pour comprendre comment des situations aussi vastes et complexes pouvaient être appréhendées par de simples individus comme André Ormus ; et il est vrai qu'a priori, ce métier est difficile à expliquer.

Ces réflexions d'éthique et de nature professionnelles permirent à l'Inspecteur de rejoindre le palier de son appartement ; là, il ne fut pas surpris de rencontrer trois personnes, visiblement des intégristes islamistes, qui l'attendaient devant l'entrée de son logement. André Ormus avait déjà pu constater chez Hélène qu'ils n'hésitaient pas à pénétrer dans les domiciles ; mais cette fois-ci, ils avaient tout de même affaire à un policier de la DST, ce qui rendait la situation un peu particulière. André fit disparaître au fond de sa poche le poulet de Nelly puis passa en maugréant au milieu du groupe et ouvrit sa porte ; bien évidemment, il n'eut même pas besoin d'inviter les islamistes à entrer chez lui, et leur montra du doigt l'entrée du salon. Faisant preuve d'une muflerie évidente et volontaire, il proposa à ses convives un whisky puis, devant leur air réprobateur, leur servit un verre de Coca-Cola avant d'entamer la dégustation de son verre d'alcool.

La scène pouvait prêter à sourire, ou alors paraître peu vraisemblable : des terroristes fanatiques dans le salon d'un membre du contre-espionnage, cela semblait inimaginable. Et pourtant, le renseignement était fait de ces rapports de forces sophistiqués, presque paisibles ; la violence seule était aveugle.

André Ormus se mit à dévisager plus attentivement ses invités ; triangle habituel : le chauffeur et homme de main, le chef et celui qui voudrait le devenir. La conversation promettait d'être passionnante... et d'ailleurs, celui qui semblait le moins théoricien des trois sortit un long couteau, tandis que le responsable apparent du groupe commença à lui annoncer qu'ils avaient l'intention de lui appliquer une sentence intégriste bien connue, dont le premier des châtiments corporels était une main coupée. André Ormus ne leur laissa pas le temps de choisir laquelle et saisit son revolver extra-plat, afin de rétablir quelque peu l'équilibre de la terreur ; puis il demanda à ses hôtes ce qu'ils souhaitaient vraiment. Le chef du commando intégriste lui répondit :

– Vos méthodes sont assez originales.

– Nous ne plaisantons pas, Monsieur Ormus. Et nous estimons que vous êtes allé trop loin.

– Je n'ai fait que mon modeste devoir. Bien, de toute façon, ce n'est pas à vous de juger mon travail : veuillez me donner votre communiqué.

Le comportement très agressif des islamistes qui se trouvaient dans son salon lui fit prendre avec moult précautions le texte en question : il s'agissait d'un communiqué presque officiel, qui réclamait diverses mesures immédiates au Gouvernement algérien, comme la libération des « prisonniers politiques » et le jugement des responsables de la « dictature militaire ». Lorsqu'André Ormus eut terminé sa lecture, il s'adressa à nouveau à son interlocuteur :

– C'est tout à fait intéressant, et je transmettrai ; mais je souhaiterais vous poser quelques questions complémentaires...

– Je vous écoute.

– Pourquoi passer par l'intermédiaire des services français ?

– Vous êtes à la fois concernés par le problème, et presque, disons, neutres...

– Bien entendu.

– En outre, l'Algérie nouvelle ne tournera pas le dos à la France, et nous comptons bien faire de votre pays l'un de nos partenaires privilégiés, si la politique de vos Gouvernements n'est pas contraire à nos intérêts.

– Je vois.

– Nous ne sommes pas des barbares, Monsieur Ormus, nous représentons l'avenir de notre pays.

– Comme tous les révolutionnaires, c'est évident.

– Votre ironie est déplacée, nous sommes dans le sens de l'histoire.

– Je vous croyais islamistes, et non marxistes.

– Ne soyez pas trop abstrait, et comprenez le sens de votre démarche.

– J'ai surtout compris que pour faire parvenir votre message aux autorités que je représente sur le terrain vous aviez l'intention de m'occire d'une façon tout à fait horrible. J'en frémis encore.

– Vous ne nous prenez pas au sérieux, Monsieur Ormus, cela m'étonne car votre enquête fut assez poussée pour vous donner une bonne connaissance de la situation dans le Maghreb et de l'évolution de l'Islam.

– Je n'ai jamais pris les terroristes au sérieux, c'est pour cela que je fais ce métier.

– Vous n'êtes qu'un pion minuscule, vous ne pesez rien, ce sont des gens comme vous qui désinforment les Gouvernements et favorisent l'oppression des peuples !

– Restez courtois, vous vous trouvez dans mon salon. Et je suis en outre policier, je pourrai vous demander vos papiers, ou bien vous mettre en état d'arrestation...

Cette perspective parut énerver considérablement les intégristes, qui avaient visiblement un grand besoin de reconnaissance. L'homme au couteau recommença à tripoter nerveusement son arme, tandis que ses congénères roulaient des yeux furieux ; André Ormus décida de détendre l'atmosphère car il avait encore quelques précisions à leur demander : il voulait bien jouer les facteurs, mais à la condition de tout connaître sur les intentions de l'expéditeur.

Aussi se leva-t-il pour se diriger vers sa platine laser et mettre un disque, ce qui ne fut pas évident car il ne voulait pas perdre de vue ses invités, surtout celui qui manipulait le couteau. Enfin, il réussit à lancer un disque de Mozart, qu'il avait choisi car, à sa connaissance, les interdits coraniques ne frappaient pas encore le compositeur autrichien ; il retourna ensuite à sa place et regarda en silence les islamistes : écouter du Wolfgang Amadeus en contemplant trois barbus fanatiques qui deviendraient peut-être de hauts responsables d'un régime islamiste faisait partie des joies de son métier.

André Ormus avait bien affaire à des terroristes, il en était convaincu ; et les actions du FIS relevaient de cette stratégie. Pour autant – et cette visite « diplomatique » à son domicile en était un signe –, les islamistes possédaient le simple charabia idéologique des groupes terroristes européens ou même palestiniens : le FIS était une émanation, certes violente, d'une revendication sociale. Les premières manifestations de rue organisées par les fondamentalistes musulmans en Algérie avaient pour principale revendication de meilleures conditions de logement, auxquelles avaient succédé des manifestations des jeunes qui mettaient en cause le parti unique et la classe politique algérienne ; à l'inverse, le FIS, obnubilé par la religion, a négligé par la suite le patriotisme du peuple algérien, ce qui a gêné son expansion autant que la répression du pouvoir en place. En ce sens, l'Islamisme n'a pas su complètement répondre au besoin de modernité exprimé dans ce pays et même si un contexte politique favorable peut faciliter son installation au pouvoir, il n'est pas à l'heure actuelle en mesure de répondre durablement et véritablement aux aspirations de l'Algérie ou de l'ensemble des pays arabes. L'historien Benjamin Stora rappelle que ce pays ne traverse finalement qu'une crise de croissance, une trentaine d'années après son indépendance ; certes, la situation peut basculer et créer une crise grave qui perturbera tout le bassin méditerranéen, point de rencontre entre l'Europe, le Maghreb et l'Afrique ; mais quel que soit l'avenir, conditionné pour une part par la violence terroriste, André

Ormus restait persuadé que l'Islam intégriste ne saurait constituer une réponse viable ; ce constat de simple crise devait s'accompagner pour être crédible d'une réflexion des pays européens et arabes sur une redéfinition de leur coopération économique et culturelle ; mais on passait alors de l'état de guerre civile à l'ère de la diplomatie, ce qui était tout de même plus positif et constructif.

Les interlocuteurs d'André Ormus n'en étaient certainement pas au même stade de réflexion ; mais il ne faut jamais désespérer, l'avenir le prouverait. L'agent secret demanda au chef du commando islamiste s'il avait quelque chose à ajouter ; celui-ci répondit :

– Allah Akbar, Monsieur Ormus !

– Je n'en doute pas, cher ami.

Ce fut par ce constat pacifique que le policier de la DST conclut son dialogue avec les éminents représentants de l'Islam à la mode.

TÉLÉVISION

André Ormus s'escrimait sur sa télécommande. Fabrication chinoise. Modèle universel, disait la notice. Poussez le bouton Z, entrez le code, et vous n'aurez plus à quitter votre siège. Béat, vous contemplerez le spectacle aseptisé du monde télévisuel. 20 h 00 : c'était l'heure des informations. Tiens, le présentateur parlait de l'Islamisme. Reportage sur les réseaux du Centre islamique turc de Cologne et compte rendu d'un colloque sur les droits de l'Homme dans un pays arabe. La démocratie était-elle un produit colonial, ou avait-elle un avenir ? Formidable. Contre la régression politico-religieuse, le triptyque Liberté-Égalité-Fraternité à la mode d'où vous voulez. André soupira. Confortablement installé dans son fauteuil en cuir, il contemplait la guerre des idées qui s'agitait dans la boîte à écran.
Vraiment, l'Orient était à la mode : maintenant, reportage sur Israël, les négociations de paix avec les Palestiniens, la montée du groupe Hamas dans les territoires administrés par l'État hébreu. André Ormus pensa à Simon, évidemment. Puis il vit des femmes en hijab, des gens qui avaient l'air de s'ennuyer terriblement. Allah Akbar, revu et corrigé par le sous-produit en négatif de la

néoculture planétaire. L'ordre social des pauvres avait pour emblème des textes sacrés dont l'application les plongerait dans une vie de légumes. Comment leur expliquer ?

Saleté de télécommande qui ne marchait pas, impossible de changer de chaîne tout en restant assis. André Ormus allait devoir faire un peu d'exercice, s'avancer vers le poste et appuyer sur le bouton ; il parvint à décrocher son cerveau du canal informatif et se dirigea vers sa télévision.

Il changea de programme, plus exactement il en essaya plusieurs jusqu'à ce qu'il vît une belle blonde nue dans une publicité ; même fantasme standardisé mais au bout du compte plus sympathique, plus utile ; elle avait de beaux seins, des jambes encore mieux, et des lèvres qu'on pourrait embrasser des millions de fois sans se lasser. Et un regard de pub, un regard de belle blonde qui faisait craquer même les plus blasés.

Ce n'était pas de l'Amour, c'était du désir ; mais ce n'était déjà pas mal, en tout cas mieux qu'une beauté emprisonnée sous un tchador ; il serait peut-être possible un jour d'aimer la première, tandis que la seconde était définitivement gâchée, perdue, enfermée dans un reportage du journal télévisé de vingt heures que regardait un type assis dans un fauteuil en cuir, avec une télécommande qui ne marchait pas. Perdu dans ses pensées de lecteur de magazine érotique, André Ormus n'entendit pas Marlène entrer dans le salon avec le joli petit plateau-repas qu'elle lui avait préparé ; puis il la regarda évoluer dans la pièce, chercha à deviner ce qu'elle allait faire. Elle hésita, posa le plateau sur la console, jeta un coup d'œil distrait sur l'écran où passait maintenant une pub pour un truc pas cher, puis elle s'assit sur ses genoux et exigea d'être embrassée. André Ormus se mit à rire avant d'obtempérer : l'Amour était dans tout, et réciproquement.

PER STI LOCA !

Le soleil brillait et les oiseaux chantaient, posés sur la branche d'un arbre. Cet arbre, C'était un figuier ; il s'en trouvait des milliers, plantés le long de la route sinueuse qui conduisait André Ormus aux environs de Corte, dans le village corse où il allait passer quelques jours de vacances bien mérités.

Le soleil brillait mais il était encore tôt le matin, et André Ormus ne reconnut pas immédiatement la silhouette féminine qui faisait du stop au bord de la route ; évidemment, il s'arrêta et ce fut alors qu'il distingua Nelly ; il n'était pas vraiment surpris car elle l'avait habitué à ce genre de facéties. Elle lui demanda où il allait et il lui répondit :

– Per sti loca !
– Ce qui signifie ?
– Par ici !

André Ormus lui montra la route, droit devant eux, puis il lui ouvrit la portière passager ; ils redémarrèrent ; l'agent de la DST roulait paisiblement, goûtant la lumière du jour qui se levait, le paysage beau et sauvage, et puis l'air du temps... Après tout, il était en congés dans une région qu'il aimait et était accompagné d'une jolie

171

femme qui le trouvait sympathique ; que demander de plus ?

Nelly tenta de lui parler sur leur mission, qui était maintenant terminée :

– Sais-tu que sont en train de nouer des contacts très intéressants avec les Iraniens ?

André Ormus ne répondit pas. Au bout d'un moment, Nelly ajouta :

– En fait, tu as raison de ne rien dire : nous sommes en vacances.

Au bout du compte, ce qu'André Ormus préférait chez Nelly, ce n'était pas qu'elle fût l'une des plus belles blondes qu'il connaissait, mais qu'elle arrivait toujours à deviner le fond de ses pensées. Et, en la circonstance, comme dirait un écrivain dont il avait oublié le nom, André Ormus se sentait dans la peau de celui qui « attend que le crépuscule du matin vienne apporter, par le changement de décors, un dérisoire soulagement à son cœur bouleversé ».

Nelly, qui avait des lettres, compléta la citation d'André Ormus en précisant :

– Épilogue du cinquième Chant de Maldoror ; auteur célèbre et mystérieux : le Comte de Lautréamont.

Tout était dit ; il n'y avait plus qu'à se taire.

∴

Éditeur : Books on Demand GmbH

12/14, rond-point des Champs Élysées 75008 Paris

www.bod.fr

ISBN 9782322015443

Dépôt légal : février 2015

Photographie de couverture :

Toulouse : Coucher de soleil sur Saint-Cyprien.

Vue sur la Garonne, le Pont Neuf, l'Hôtel-Dieu,

le Château d'eau.

Source :

http://commons.wikimedia.org/wiki/

File:Toulouse_couche_de_soleil_sur_saint_cyprien.jpg

Disponible selon les termes de la licence Creative
Commons paternité – partage à l'identique 3.0
(non transposée) sous les conditions suivantes :
paternité – Vous devez citer le nom de l'auteur original de
la manière indiquée par l'auteur de l'œuvre ou le titulaire
des droits qui vous confère cette autorisation (mais pas
d'une manière qui suggérerait qu'il vous soutienne ou
approuve votre utilisation de l'œuvre).

Auteur : Olivier Jaulen

www.jaulent.fr

– Écrit à Toulouse en mars 1995 –

Imprimé par Books on Demand GmbH, Norderstedt, Allemagne

FSC
www.fsc.org

MIXTE

Papier issu
de sources
responsables
Paper from
responsible sources

FSC® C105338